사 라 지 는 골 목 에 대 한 보 고 서

노 고 산 동 블 루 스

들로화 지음
주도양 사진

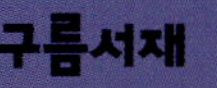

구름서재

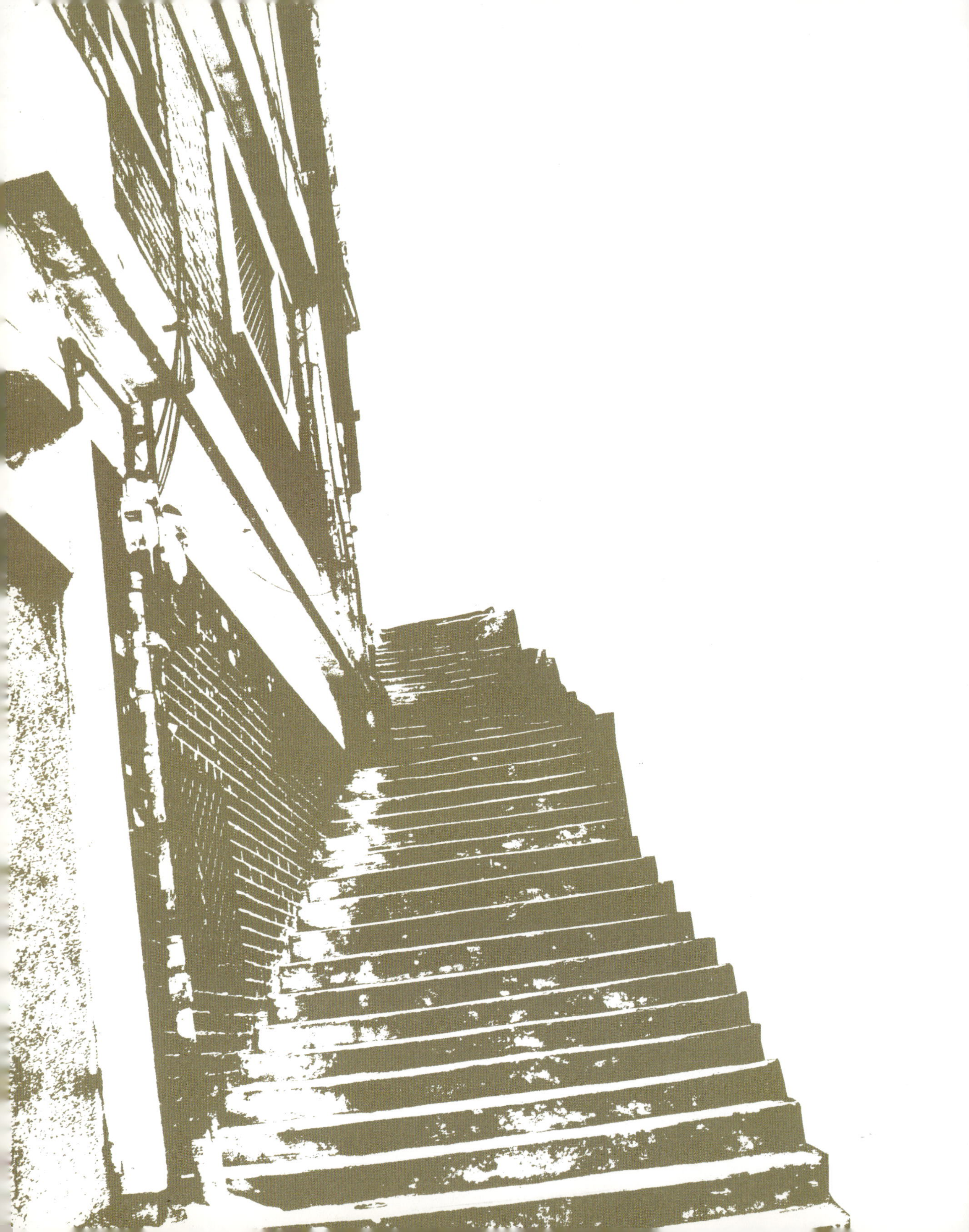

펴낸이 박찬규   디자인 이유진   펴낸곳 구름서재

1판 1쇄 발행 2009년 12월 17일

등록 제396-2009-000058호   주소 서울시 마포구 서교동 375-24 그린홈 201호

전화 02)3141-9120   팩스 02)3141-9126

이메일 fabrice1@chol.com   블로그 http://blog.never.com/fabrice

ISBN 978-89-91437-95-1 03810

구름서재

여는말

2012년 노고산동의 일부가 재개발로 없어진다.

공교롭게도 나의 신혼을 시작한 곳이기도 하면서 아내와 아들의 유년이 축적된 공간이다.

그렇다고 딱히 이 공간에 대하여 보존을 하자는 주장도 내키지 않는다.

흙바닥과 코스모스가 피어있는 길.

단층의 기와집들이 늘어서있는 마을 같은 것을 꿈꾸기에

이 공간은 이미 소유의 분할이 첨예한 곳이기 때문이다.

재개발로 아파트가 들어서도 미루어 짐작컨대,

그 공간 또한 별반 감흥을 일으키지 못할 것 같다.

1부 기억의 블루스에서는 재개발로 사라질 골목과 집과 길들에 대해서, 2부 재생의 블루스에서는 재개발이 예정되지 않은 초등학교 등하교길의 담벼락과 계단등에 실행된 미술프로젝트에 대한 글이다.

이 책은 재개발로 없어진 노고산동을 추억하고 기억하는 재료로서 남길 원할 뿐만 아니라 마을이 독특한 정체성을 획득하여 다른 방식의 재개발을 꿈꾸어 보는 책이기도 하다.

2009년 11월 들로화

1부
기억의 블루스

도시의 재생은 모든 것을 거부한다.
도시의 재생은 새로운 것만을 인정한다
사람도 길도 추억도 과거도 사라지고
밀어낸 공간으로 적당한 대가를 치룬 자본의 학생들이 들이닥친다.
밀려난 이들은 그 만큼의 크기로 뿔뿔이 흩어져 새로운 자서전을 쓰지만
곧 그들은 다시 도시에서 밀려난다
그토록 살기 원했던 도시에서.

무엇이 달라진다 해도 별반 기대할 것도 없다
그렇다고 지금이 보존되어야 할 가치가 있다고 주장하고 싶지도 않다
2009년 대한민국의 건축은 길은 사람은 보존되고 싶지 않다.
우리는 왜 늘 보존되지 않는가

폐허는 아름다운가.
아름다움은 늘 그러함에도 불구하고 생명을 키우는 존재들.
생존이라는 이유로 생명을 죽이는 가당찮은 논리들 앞에
엎드려 비오니
그냥 내비두소서

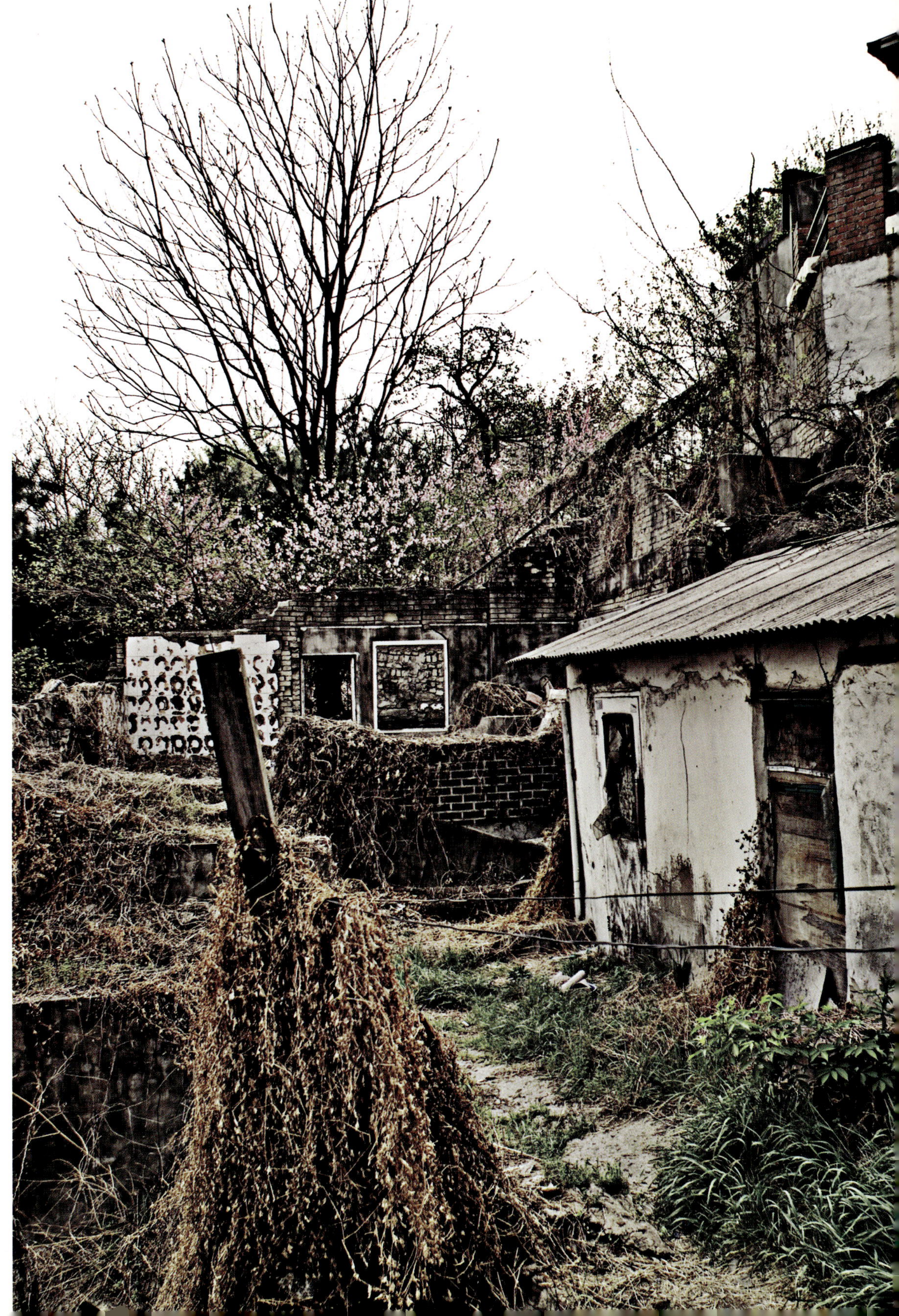

단칸의 방은 빨래를 허락하지 않는다.
길의 담에 빨랫줄을 걸고, 풋풋한 옷을 입고자 한다.
공유의 길, 담벼락은 오늘 빨래에게 자리를 내준다.
사유의 길과 방은 비좁고 공유의 길은 색깔 있는 속옷을 보여야 한다.
햇빛에 건조된 빨래의 그 풋풋한 유혹은
사적공간을 떠나 공적공간에 머무르고
명문대를 향한 과외 포스터는
엣지(edge) 없는 삶에 추파를 던진다.

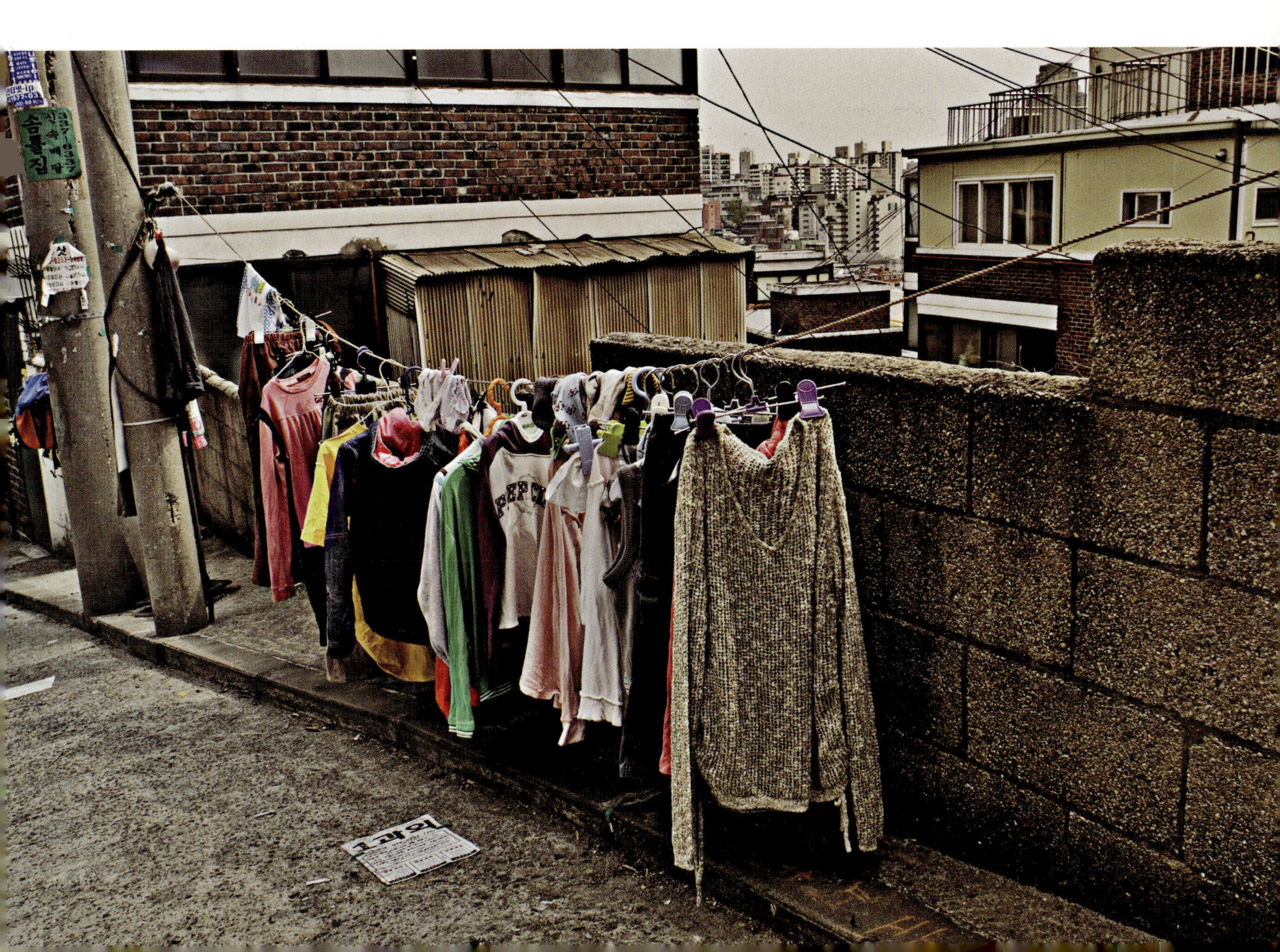

일이 끝나면 시장길 뼈 해장국에서 하루를 마감한다.

5천원 짜리 해장국에 3천원 짜리 소주를 마시며

말은 안 통하나 건배할 사람 없어 김씨와 술잔을 부딪힌다.

술병은 쌓이고 너울대며 집으로 간다.

어머니는 해가 져야 집엘 들어오고

시간의 경제성을 문제 삼아 분류된 생활은 새로운 일자리를 제공한다.

세탁물 끝에 달린 종이 쪽지는 그 집의 트렌드를 읽어내고 품성을 추측한다.

세탁물로 읽어내는 바깥세상은 만만치 않지만 이젠 할 게 없다.

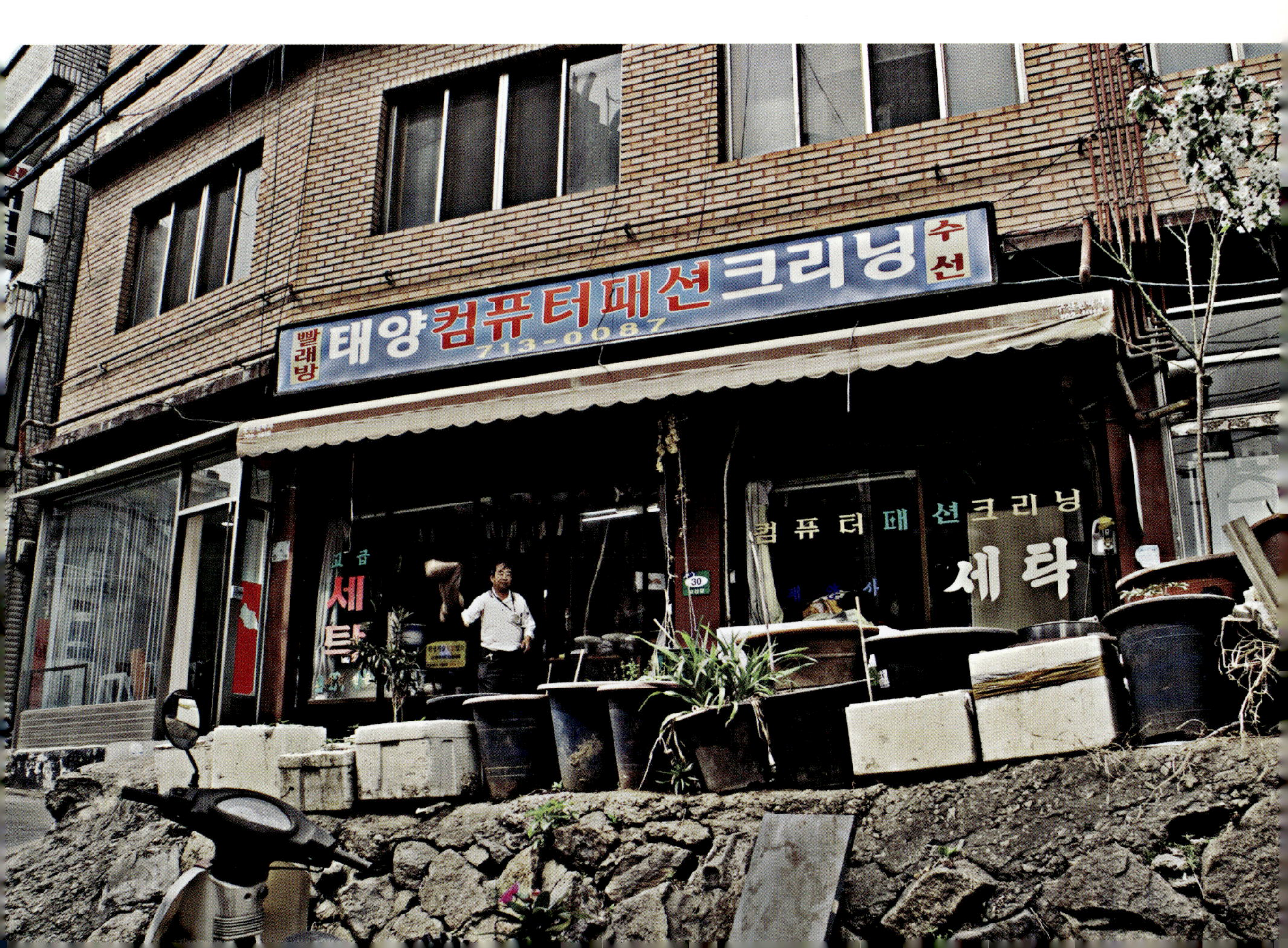

빨래방
태양 컴퓨터패션 크리닝 수선
713-0087
고급 세탁
컴퓨터패션크리닝
세탁
30

사라져서 없어질 위기에 다시 부활한 98년!

그는 당당하다.

세상은 엘리트가 되길 원하고 엘리트는 세상을 붕괴시킨다.

추억이 되었어야 하는 것이 공존할 때

느끼는 박탈감은

이 땅 위에 서있는 존재들에게

또다시

떠남을 강요하는 촉매제가 된다.

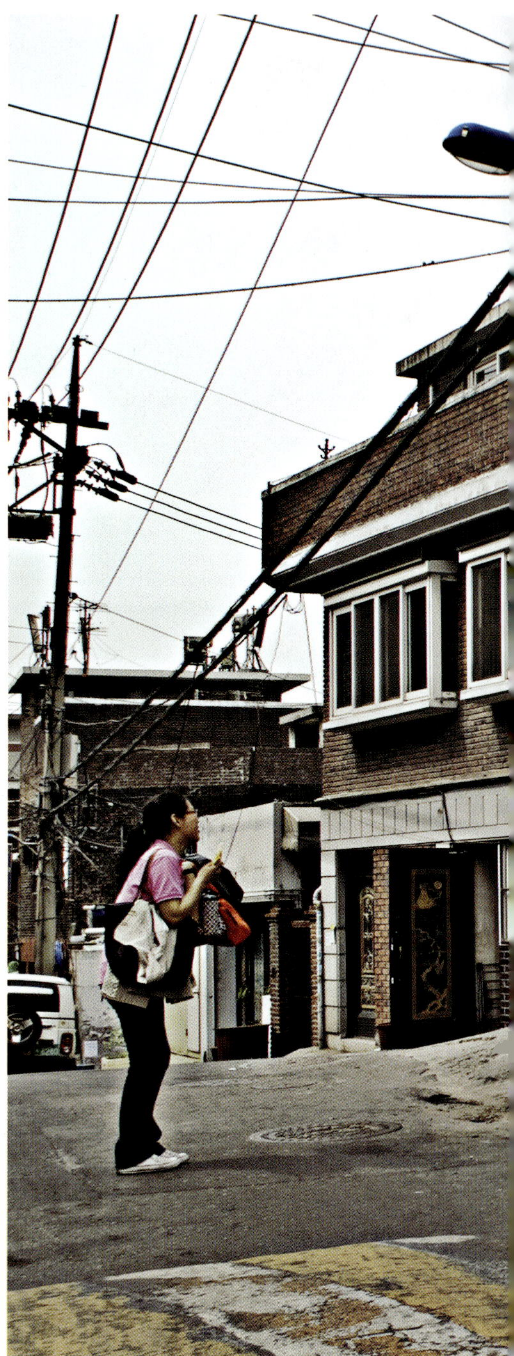

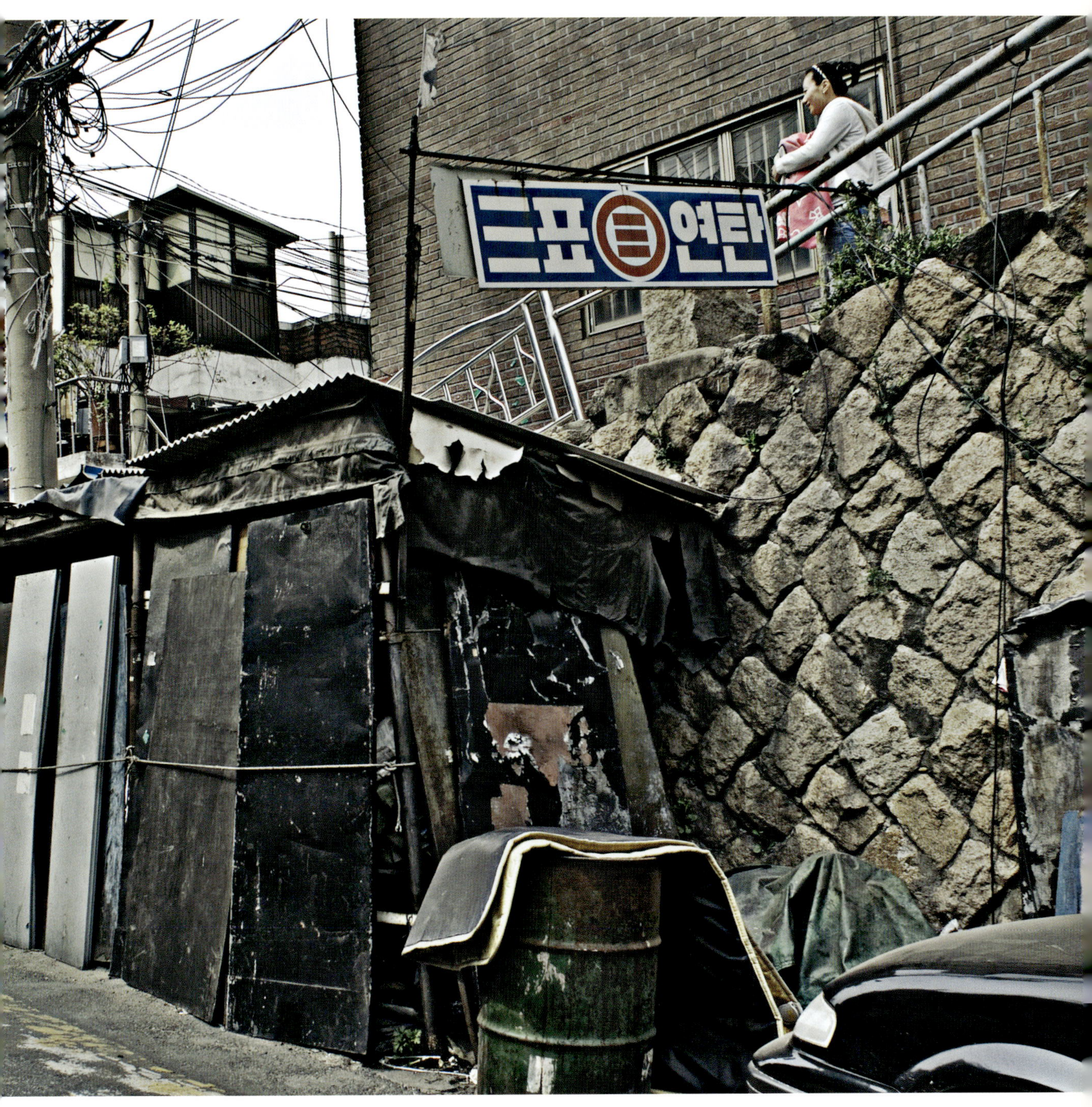

三표 연탄

신으로 향하는 곳. 신전.
신을 빙자한 권력의 문명.
인간의 육체로 쉽게 오를 수 없는 극의 끝.
신전은 계단을 지향한다.
그러나 여기 이 계단은
파란만장 태권소녀의 안식처를 향한 노정.

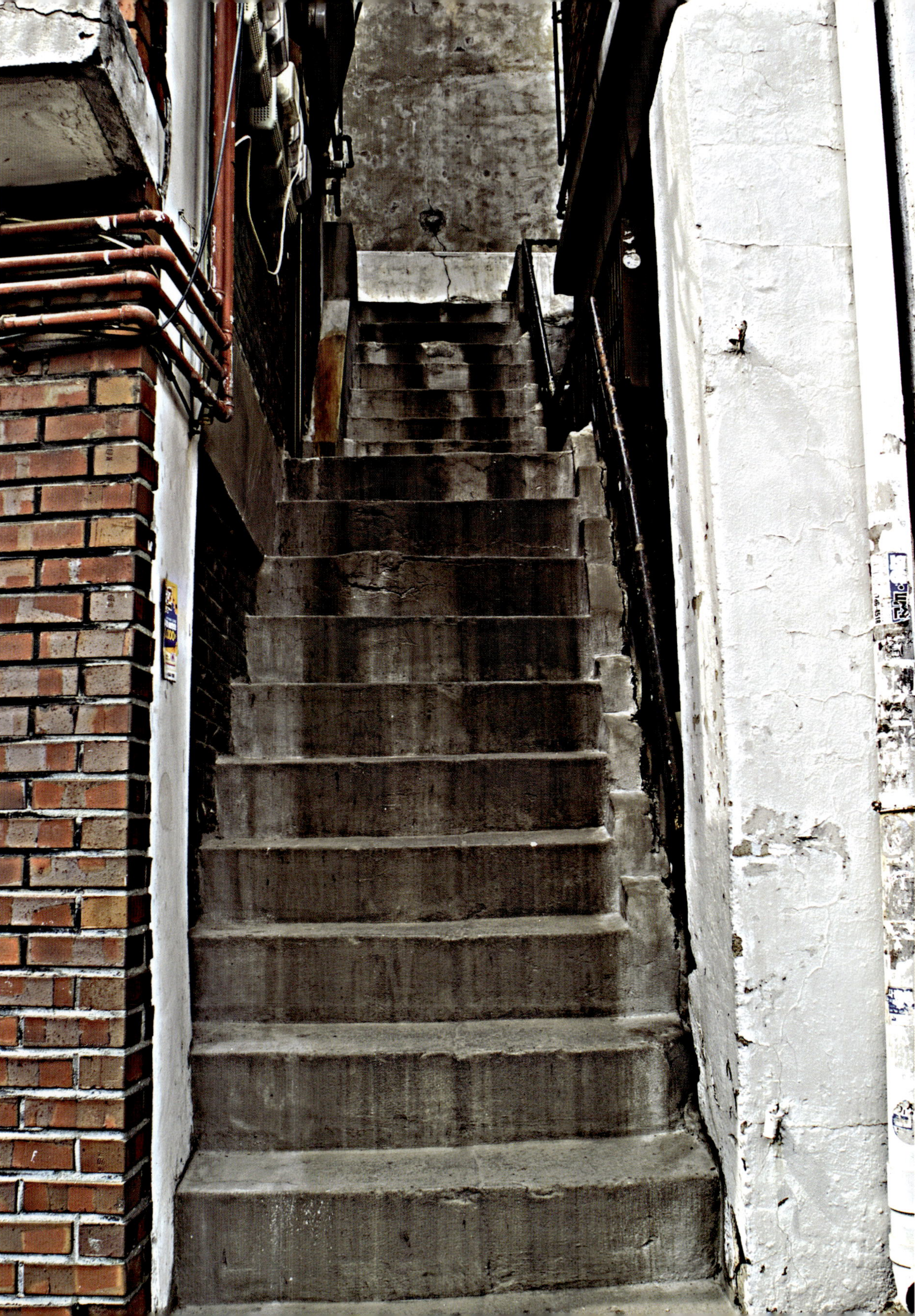

누구의 노고인지 모르나, 나무밑을 지나는 찰나의 순간
그림자와 꽃냄새가 주는 상쾌함은 뜻밖의 선물이다.
도시의 거리는 인간의 키를 넘는 건물과 우러러봐야 하는 조형물들이 넘쳐나는데
숭배를 떠난 나무는 따뜻한 품 같은 터널의 시간을 제공해준다.

새로운 정권은 늘 자신을 대변할 이미지를 선택한다.
정권이 가진 한계를 극복하고
포장할 수 있는 좋은 재료는 문화적 수단이고
그래서 우린 또 우러러보아야 할
세종대왕을 여의도에 이어 광화문에서도 볼 수 있다.

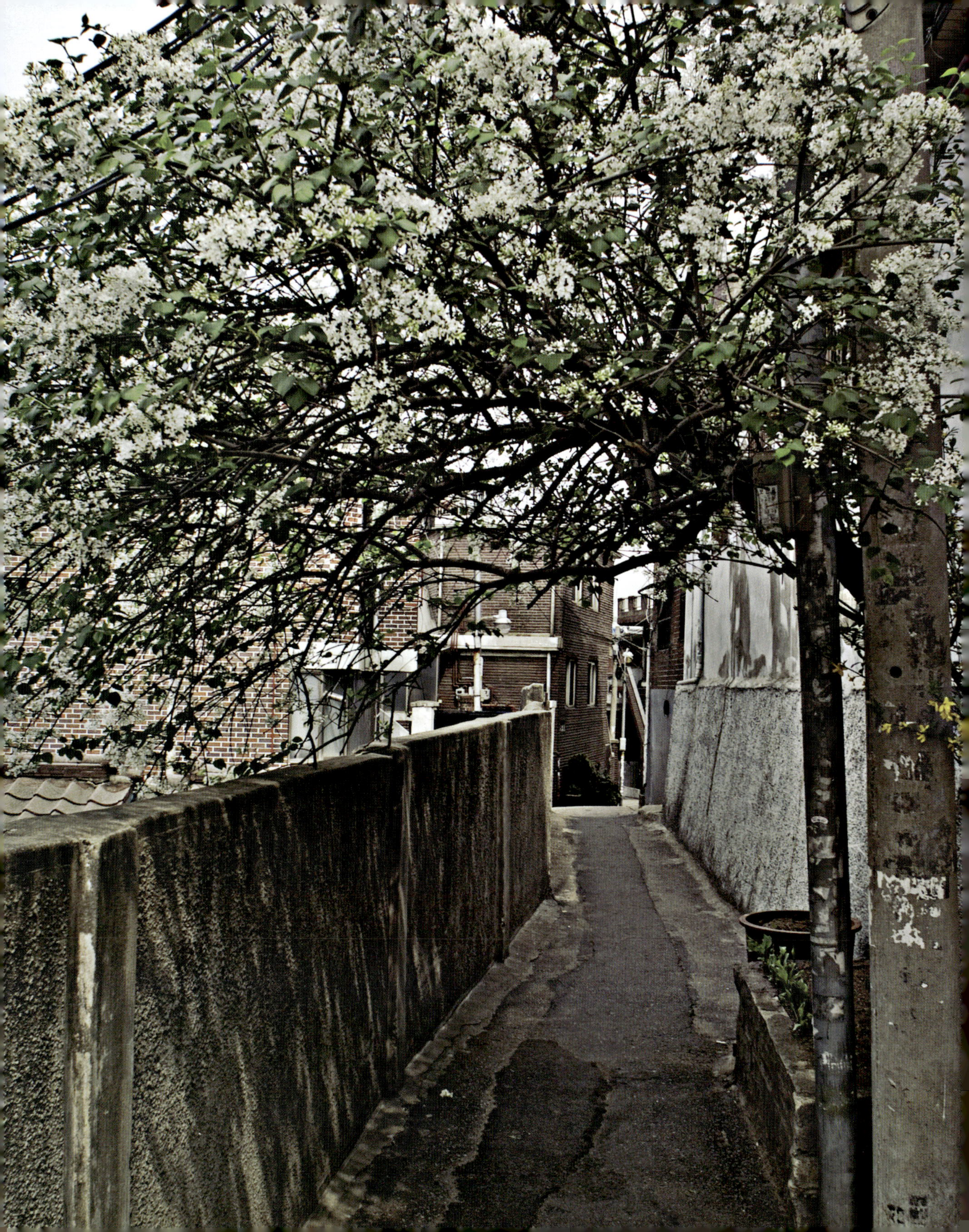

텃밭을 잃어버린 도시의 삶은 경제적 가치에 기준한 삶만이 정의이다.

5분도 안되는 거리

시장에선 대량생산되어 유통된 채소들이

키우는 노력의 값보다 싼데

스티로폼으로 위장된 몇 평의 텃밭으로 어머니와 고향을 애써 기억한다.

흙을 일구고 살았던 세상이 그닥 순조롭지 못해

서울로, 서울로 올라온 세월이 후딱 지나가고

이젠 갈 곳도, 머무를 곳도 시원찮아

흙을 비집고 나온 새싹들에게 빌어

찬란한 내 인생을 꿈꾸어 본다.

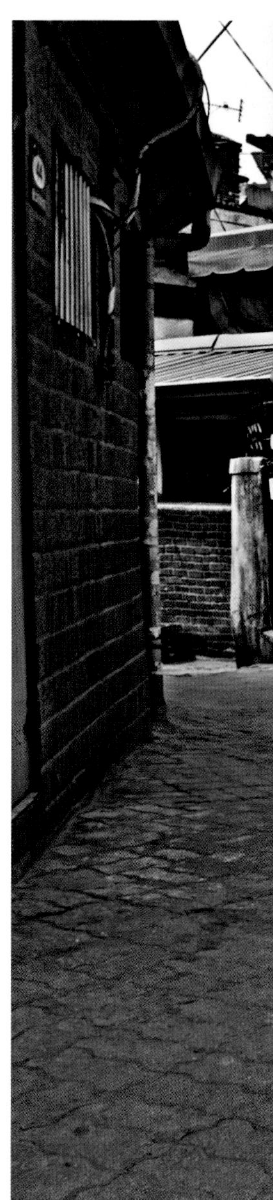

노고산동 블루스

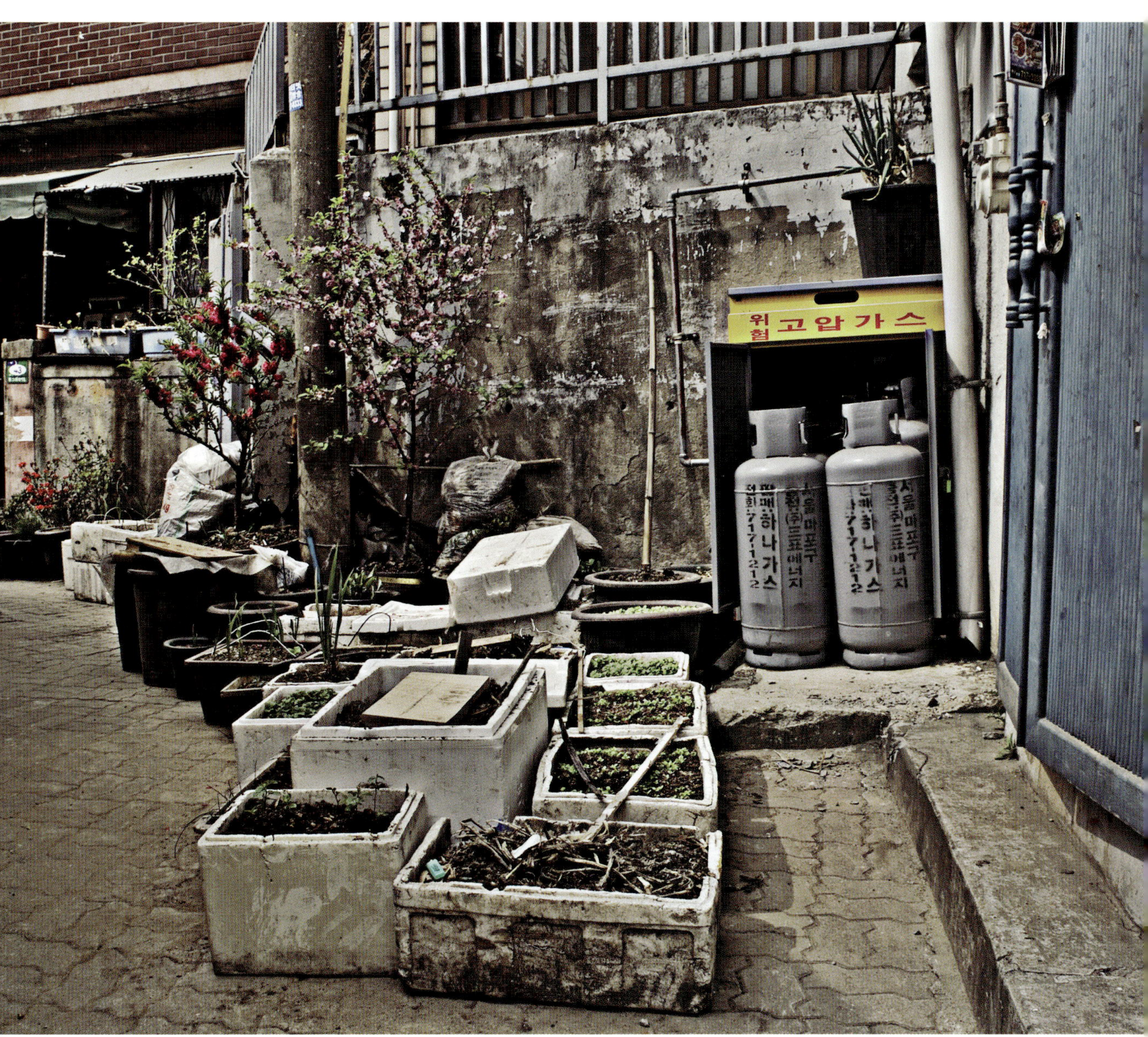
위험
고압가스

마당이 사라진 도시의 골목에서 영토의 분할지역을 잃어버린 개들이 마구 짖는다.
충견으로서의 의미를 상실한 도시의 개들은 합리를 잃어버린 절규를 토해내고
몇십년을 산 골목에서 나는 느닷없는 이방인이 되어 식은땀을 흘린다.

개들은 설 곳 없어 대대로 내려오는 야생을 흩뿌리지 못하고,
농축된 영양으로 포장된 사료를 통해 끼니를 때우며
전설 속에 조상들의 삶을 은연중 기억해 내곤 불현듯 짖어댄다.
인간도 개도 명분이 없는 도시는
명분없는 절규를 통해 잠깐의 존재를 드러내곤 허걱거리며
숨 몰아내쉬고 불현듯 사라진다.

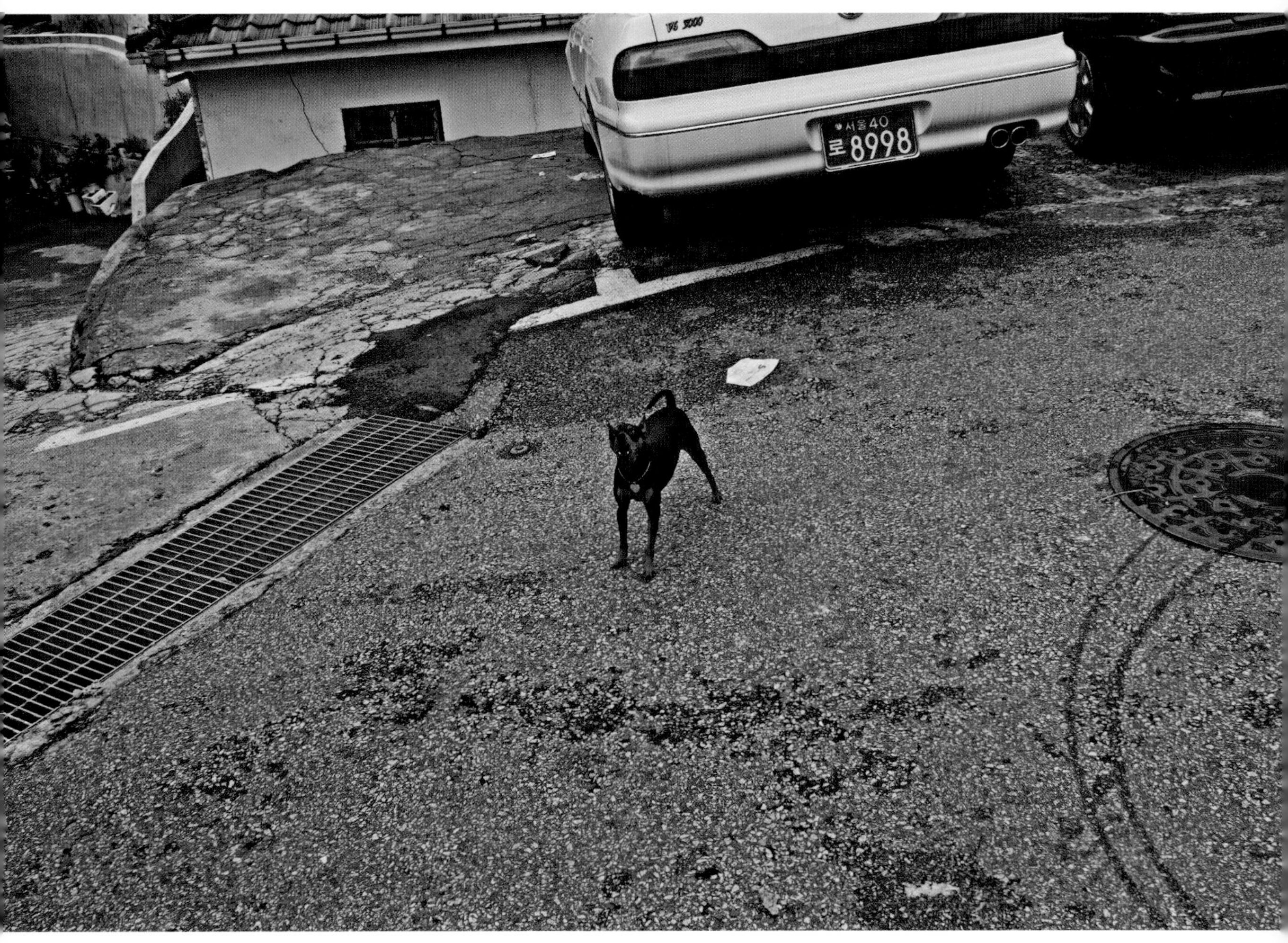
서울40
로 8998

하지 못한 말의 정체는 주변과 다른 재료에서 떠돈다.

하지 못한 말은 부유하고 떠밀리다 갑작스레 공론이 된다.

입을 틀어막고 밥줄을 끊어도 말은 부유한다.

창구를 열어놓고 겸허한 받아들임만이 더 큰 공과의 책임을 줄일 수 있다.

권력의 중심엔 늘 이것을 망각하는 듯하다.

세월은 돌고 돌아 그 은혜를 꼭 받는데,

2009년 오늘 당신들은 오늘이 전부인 듯하다.

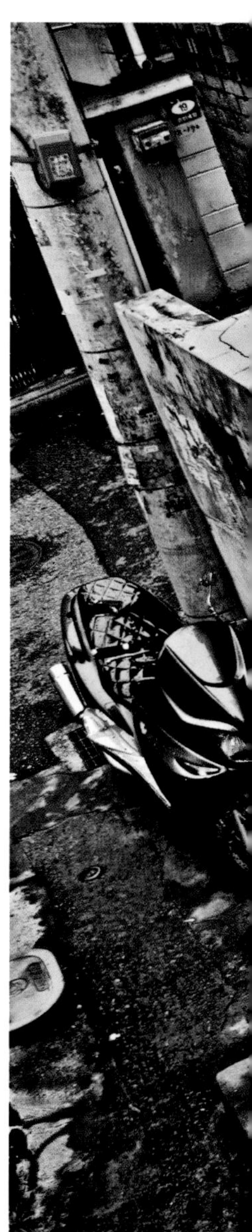

노고산동 블루스

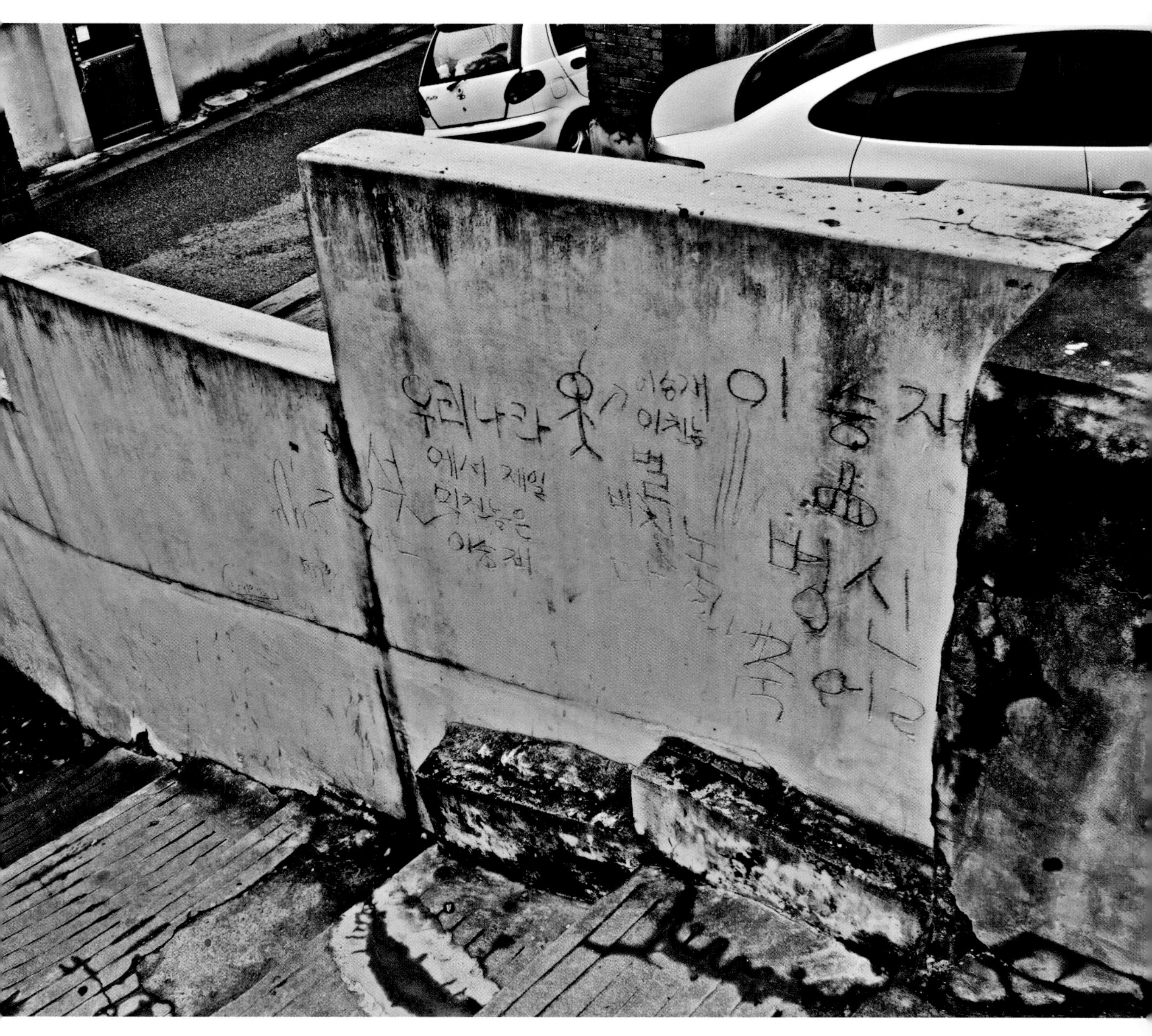

한껏 취해 집으로 돌아오는 길.
계단을 오르고 또 오르다 보면
취기는 사라지고
달은 내 어깨에 걸려 있다.

이러저러한 이유로 떠나지 못한
소녀들은 아줌마가 되고
오늘도 이 가파른 계단을 오르내리며
아내의 막강 다리를 안주거리로 수다스러운
못난 남편들의 도시

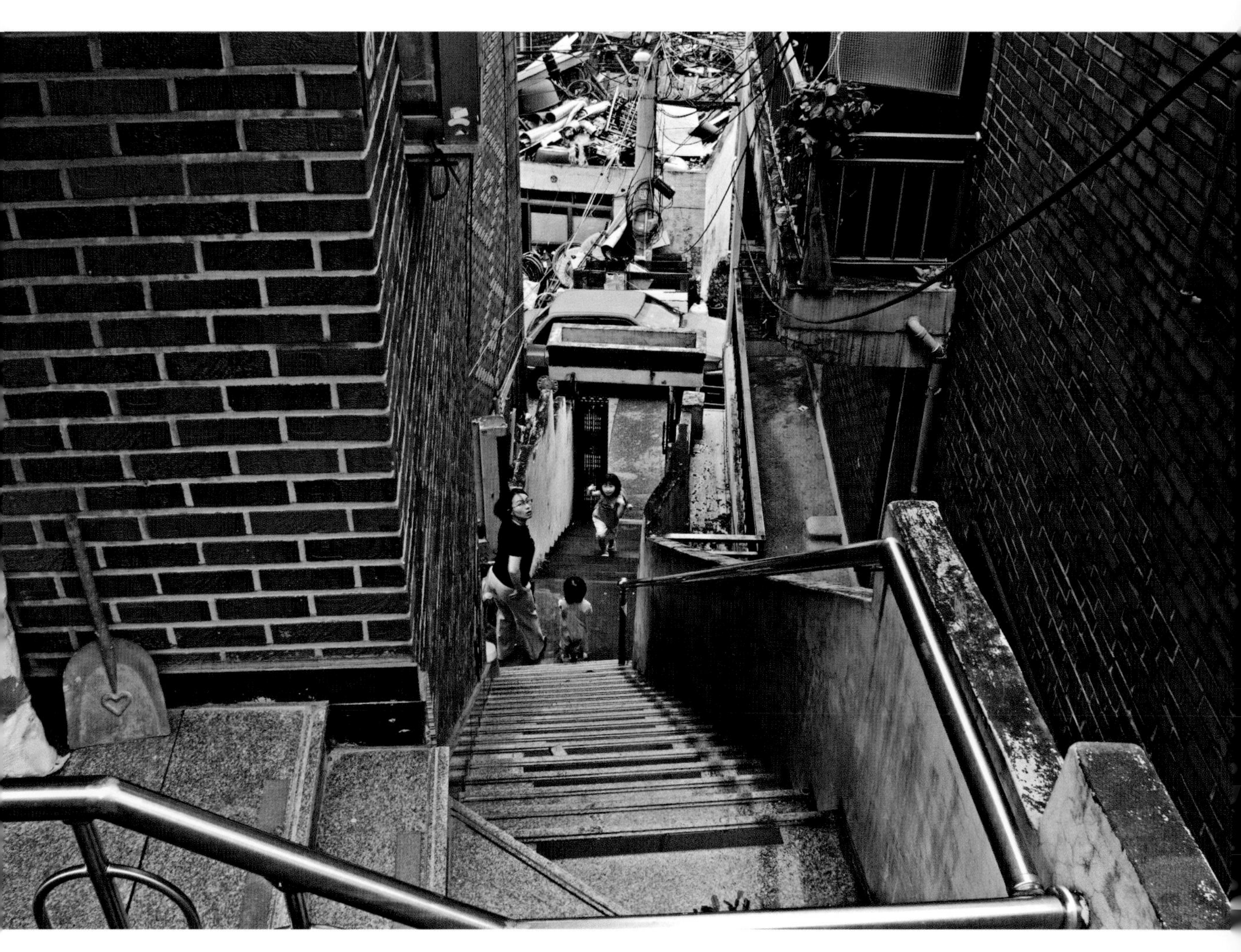

먹어도 배고픈 청춘의 밤을 슈퍼는 채워준다.
오가는 사람들의 뒷모습을 훔쳐보며
한모금 한모금 삼키는 맥주의 싸한 맛처럼
생은 알싸하지 않다.
비릿한 눈흘김조차
시비거리도 못되는 무관심의 삶은
슈퍼에서 돌고 또 돈다.
구멍가게의 면적으로
슈퍼의 생을 지고 가는 미래는 버겁다.

정치는 서민에게 표를 얻고
얼마 후 저자거리에서 오뎅 몇 개를 사먹으며 낄낄거린다.
재래시장을 살리자며 공공미술프로젝트라는 이름으로
몇푼의 돈을 예술가에게 던지며
그들이 해야 일들의 지게를 예술가에게 건네준다.
예술가는 이래 저래 피곤한 복무의 삶을 산다.
상인들이 떠난 빈자리를 이제 예술가가 채우며…

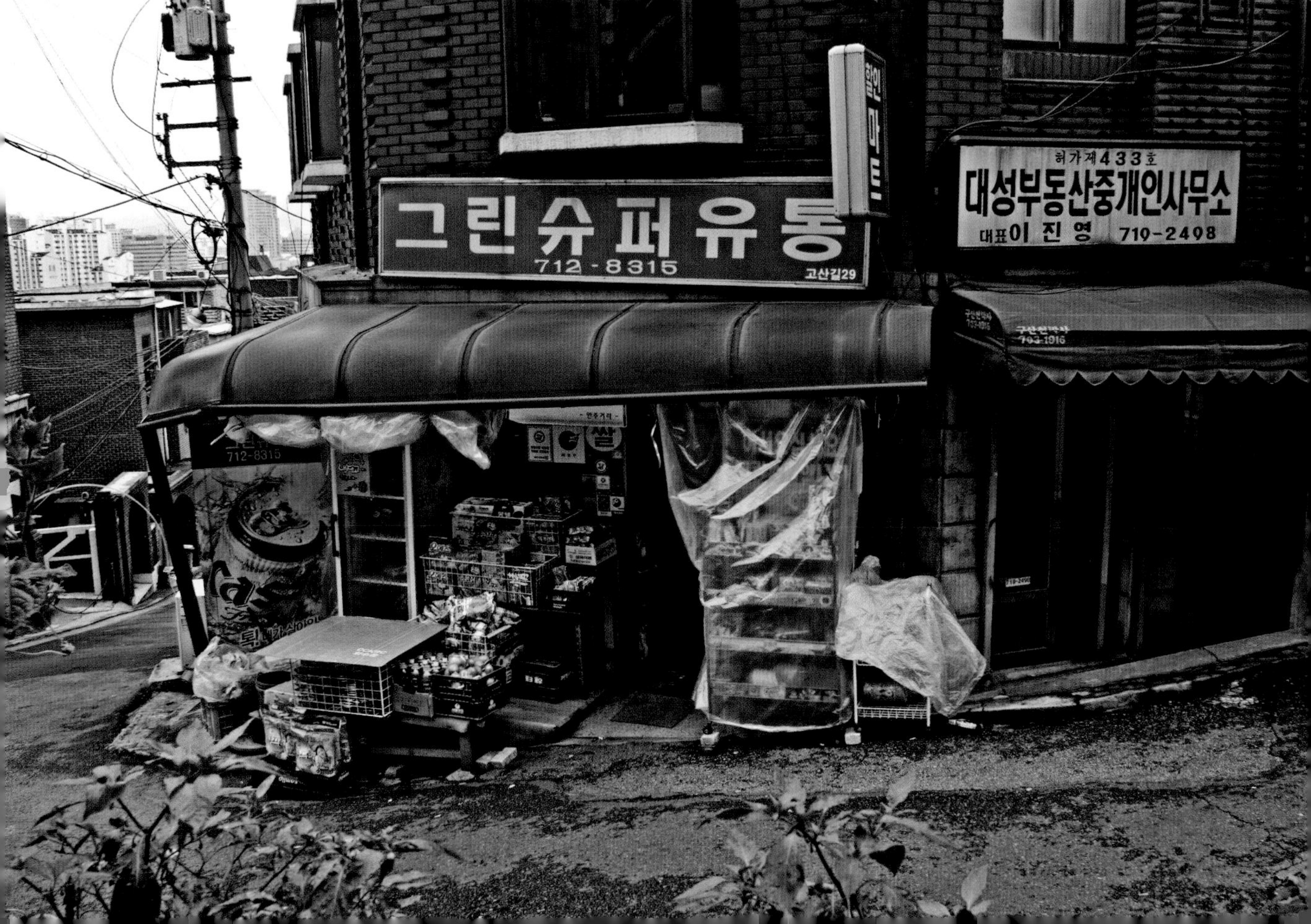
할인 마트
그린 슈퍼 유통
712 - 8315
고산길29
허가제433호
대성부동산중개인사무소
대표이 진 영   719-2498
쌀
민주거리

알뜰하게도 시선속의 머무른 모든 것은 사용되어져야 하는 결벽이 여기 있다.

일상은 대량의 생산물로 넘쳐 난다.

팔리지 않아 경제는 힘들다지만 아직도 점심을 굶는 아이들이 있다.

아파트는 늘어나는데

집 없는 설움은 커져간다.

마트와 공장에 쌓여있는 물건들은 산을 이루고,

사람들은 이 풍요 속에서도

잘 살 수 없는 자괴감이

산이 된다.

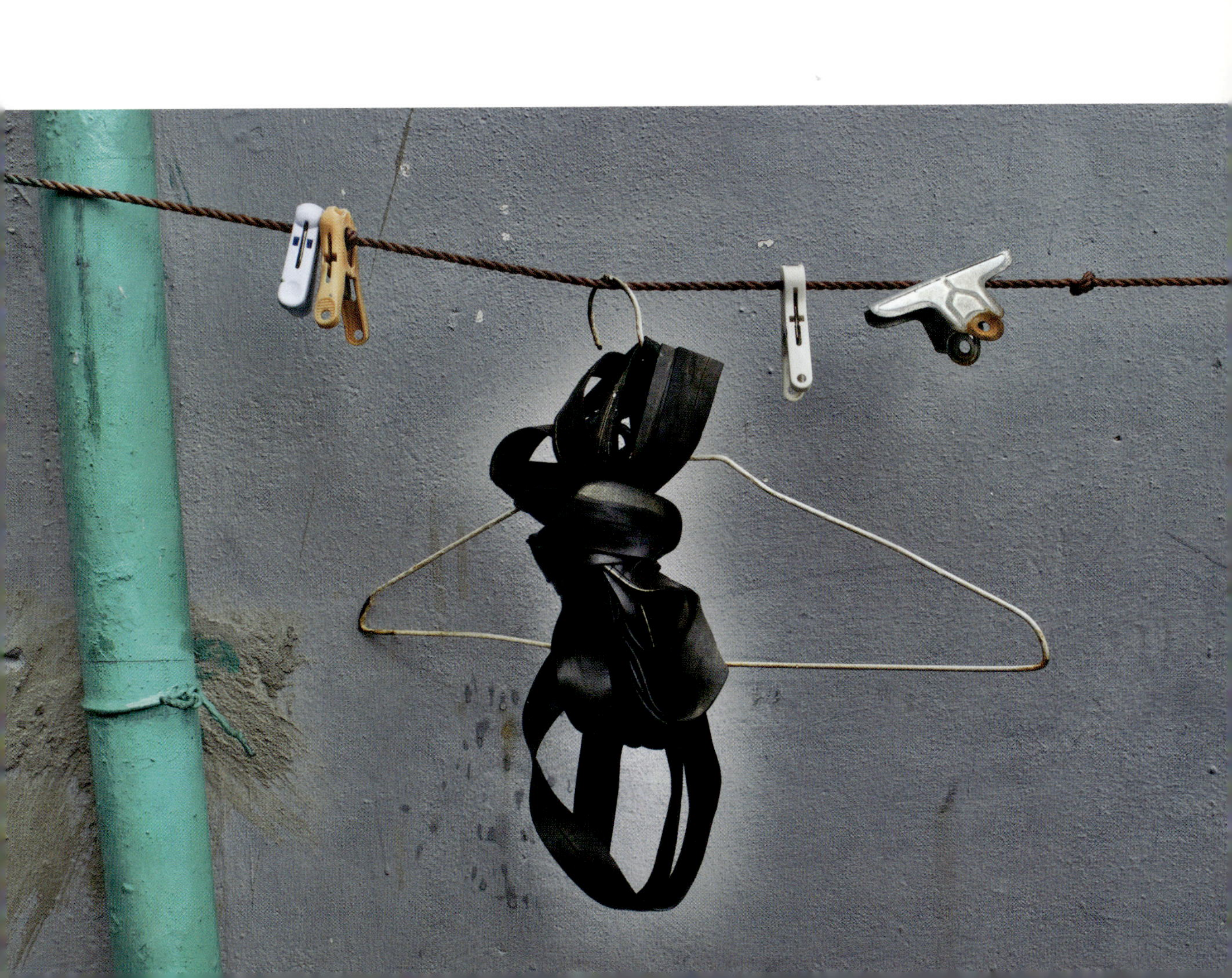

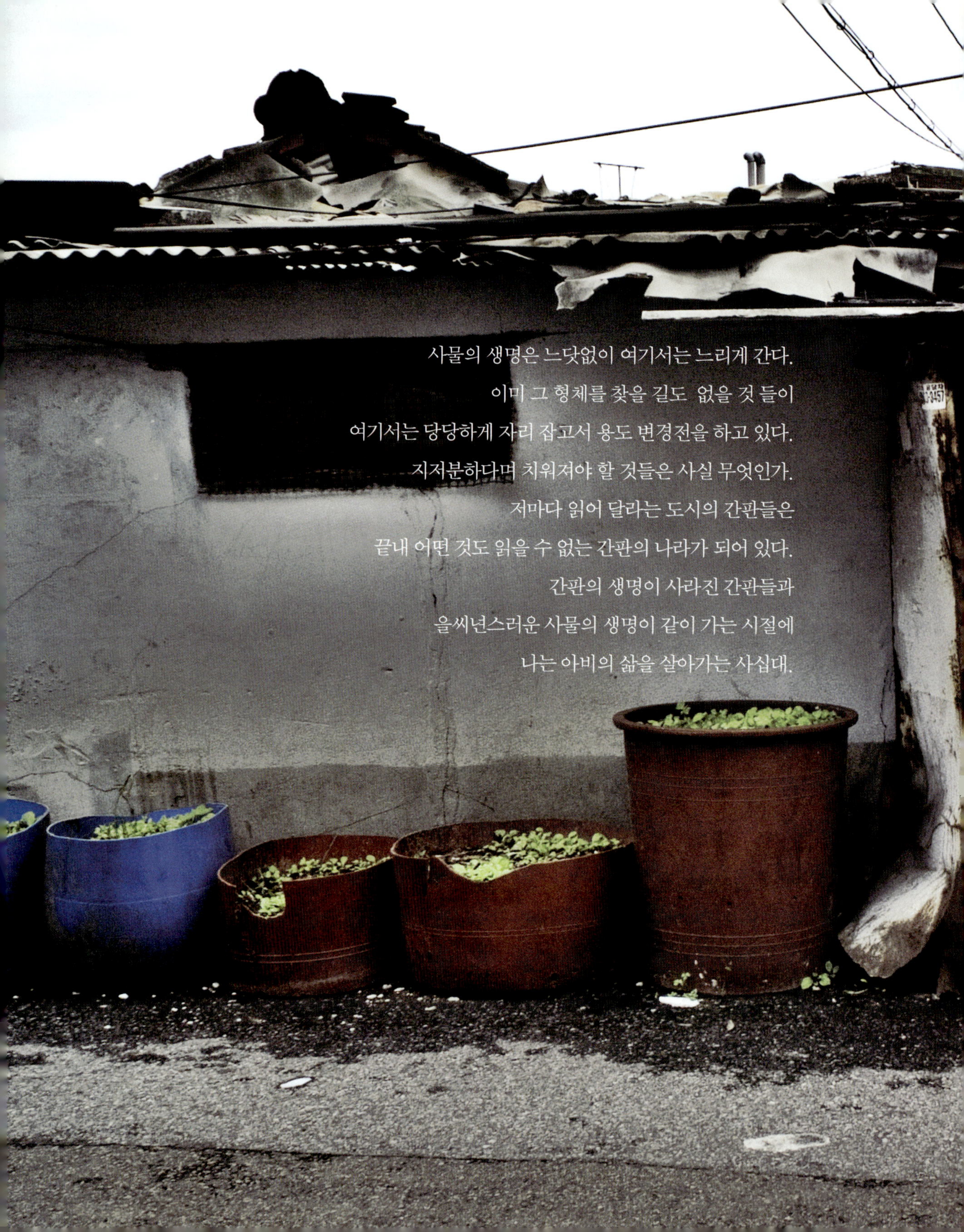

사물의 생명은 느닷없이 여기서는 느리게 간다.
이미 그 형체를 찾을 길도 없을 것 들이
여기서는 당당하게 자리 잡고서 용도 변경전을 하고 있다.
지저분하다며 치워져야 할 것들은 사실 무엇인가.
저마다 읽어 달라는 도시의 간판들은
끝내 어떤 것도 읽을 수 없는 간판의 나라가 되어 있다.
간판의 생명이 사라진 간판들과
을씨년스러운 사물의 생명이 같이 가는 시절에
나는 아비의 삶을 살아가는 사십대.

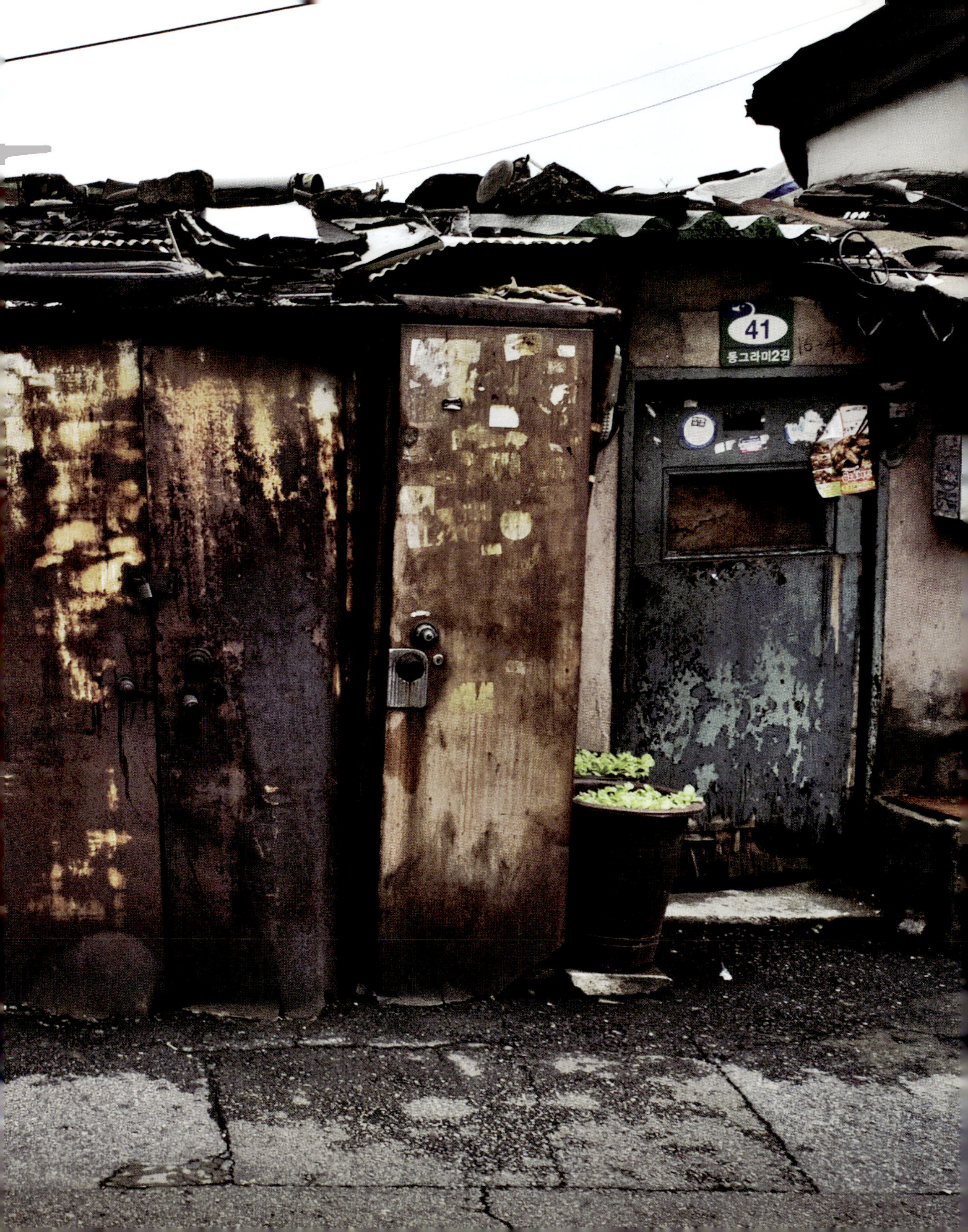
41
동그라미2길

갑작스레 소통이 사라진 시절, 인터넷은 그 대리인이다.

소통의 염원은 저 셀 수 없는 많은 가닥으로도 정녕 풀리지 않는 것인가?

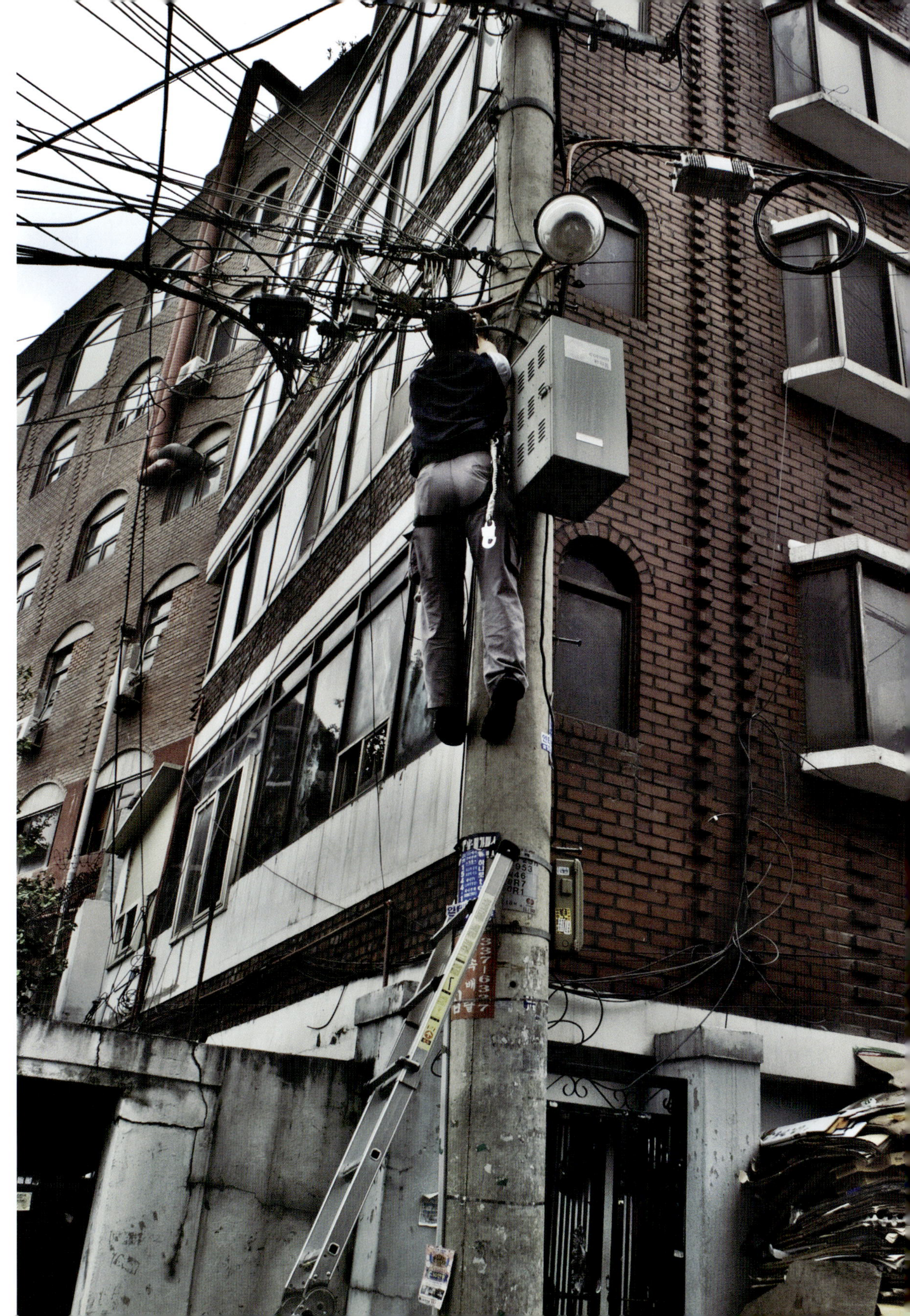

상품의 외피는 쓰레기가 되어 우리들 시선의 잡스러움이 된다.
흙으로 돌아가 자연스럽게 동화되지 못하는 외피들은
색깔만 바란 채 뒹굴고 뒹군다.
자본생산 이후의 책임은 자본을 버티는 공무의 세력들이 지우고
그 비용을 느닷없이 우리가 자연스럽게 지출하지만,
이 잡스러움은 생애의 마감까지 계속될 듯하다.
우리가 선택한(또는 그들이) 시스템은 이미 그것을 허락하고 고무하니까.
그래서 잡스러움은 골목에서만 존재하니까.

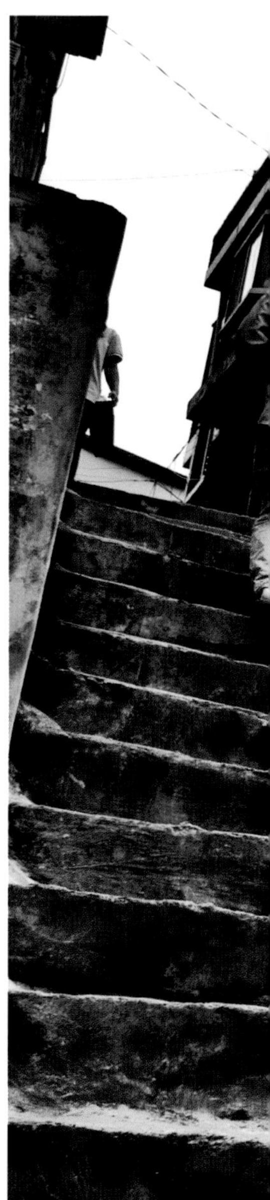

노고산동 블루스

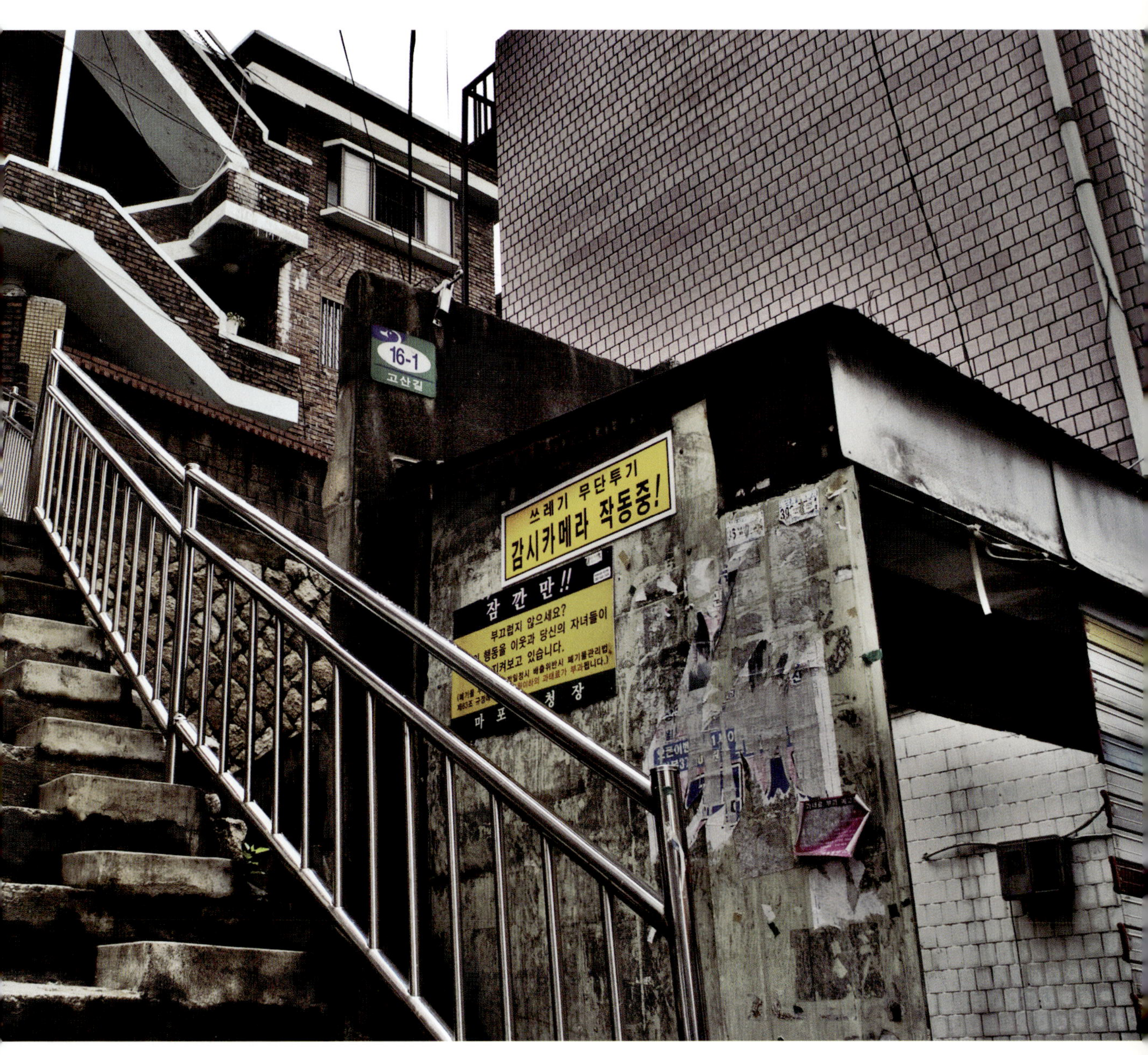

16-1
고산길
쓰레기 무단투기
감시카메라 작동중!
잠깐만!!
부끄럽지 않으세요?
의 행동을 이웃과 당신의 자녀들이
지켜보고 있습니다.
마포   청장

내세를 향한 믿음의 깊이는 현실의 토양에 기초한다.
현실에 유토피아를 구축할 수 없음은
전(全)지구인의 암묵적 동의 속에 이루어진다.
암묵적 동의는 지역적 세력화를 꾀하고
지역은 함의의 무력으로 질서를 버텨간다.

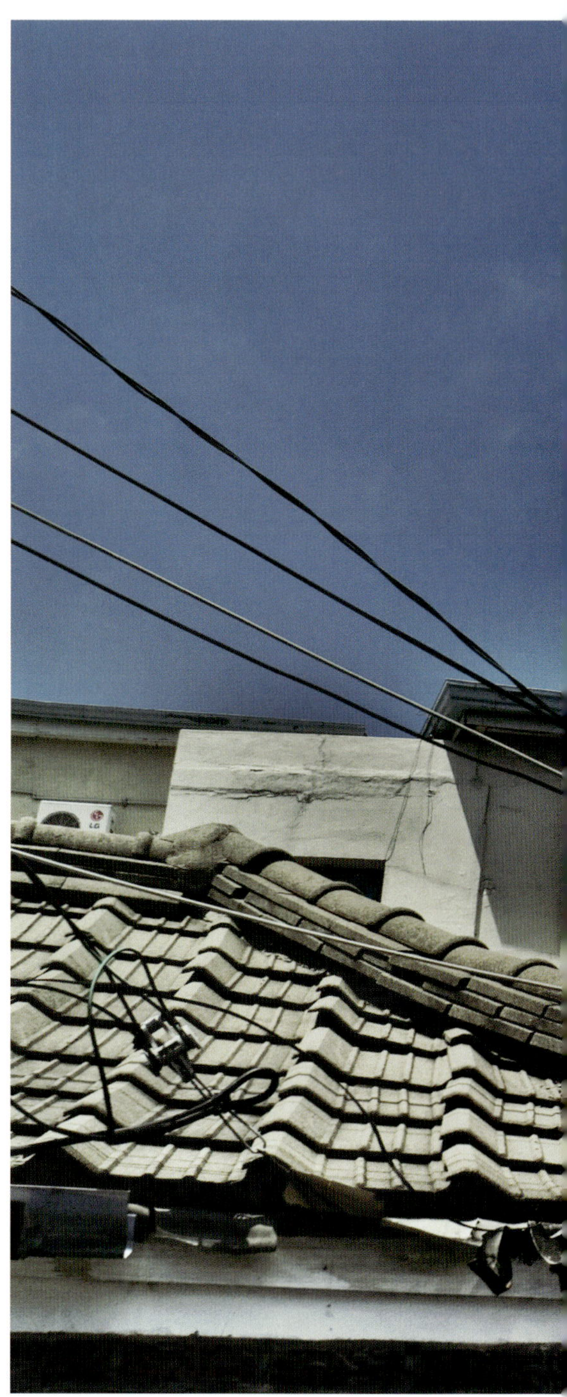

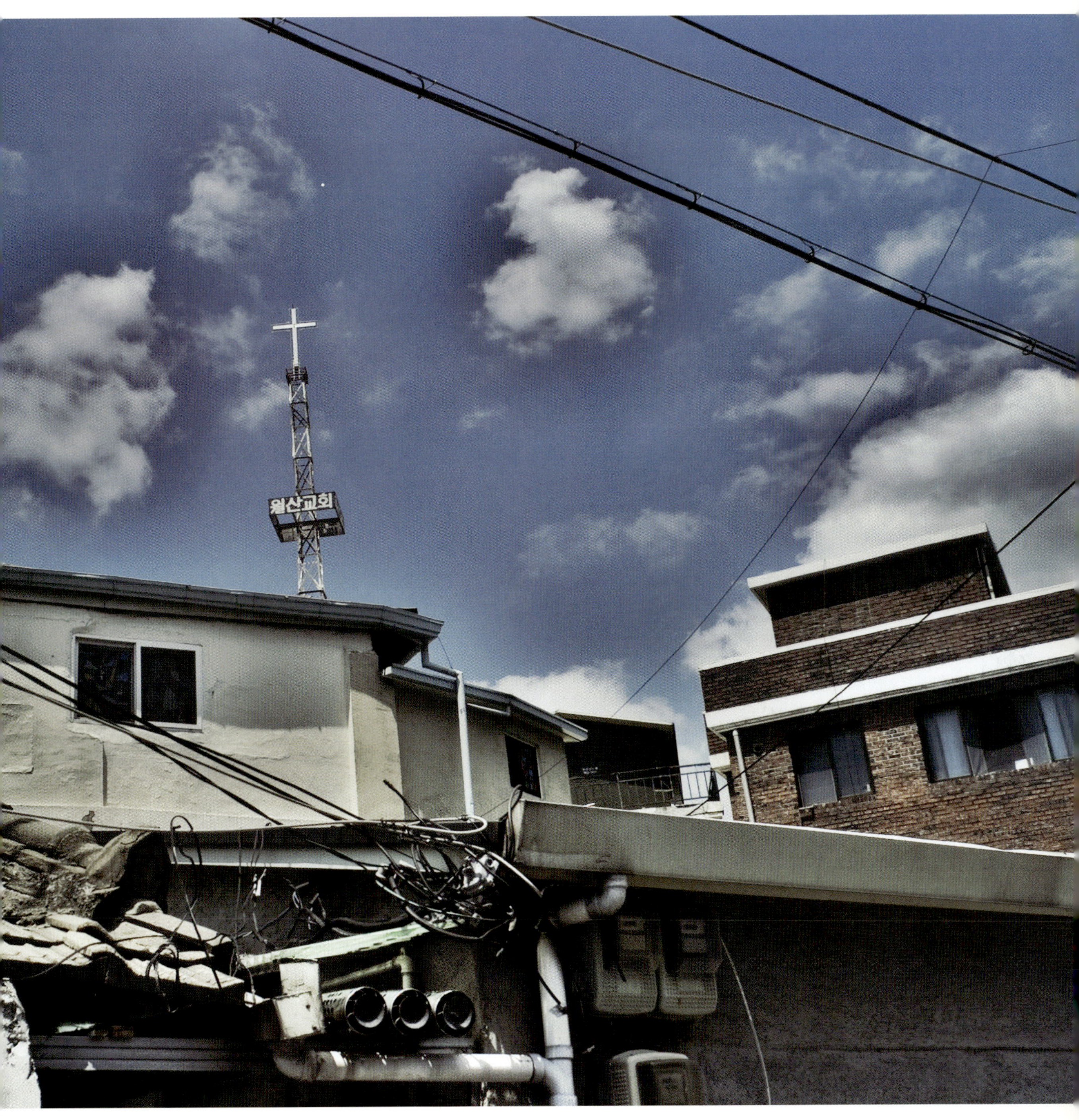

월산교회

반복의 일상은 무료함으로 묻어나고,
별반 다를것 없는 신문은 똑같은 사실을 다른 이름과 다른
지명으로 되풀이 한다.
객관을 잃어버린 신문은 하고 싶은 보도만을 되풀이하고,
신문속에 삶은 늘 우리를 소외시키거나 가쉽거리의
주인공을 찬양케 한다.

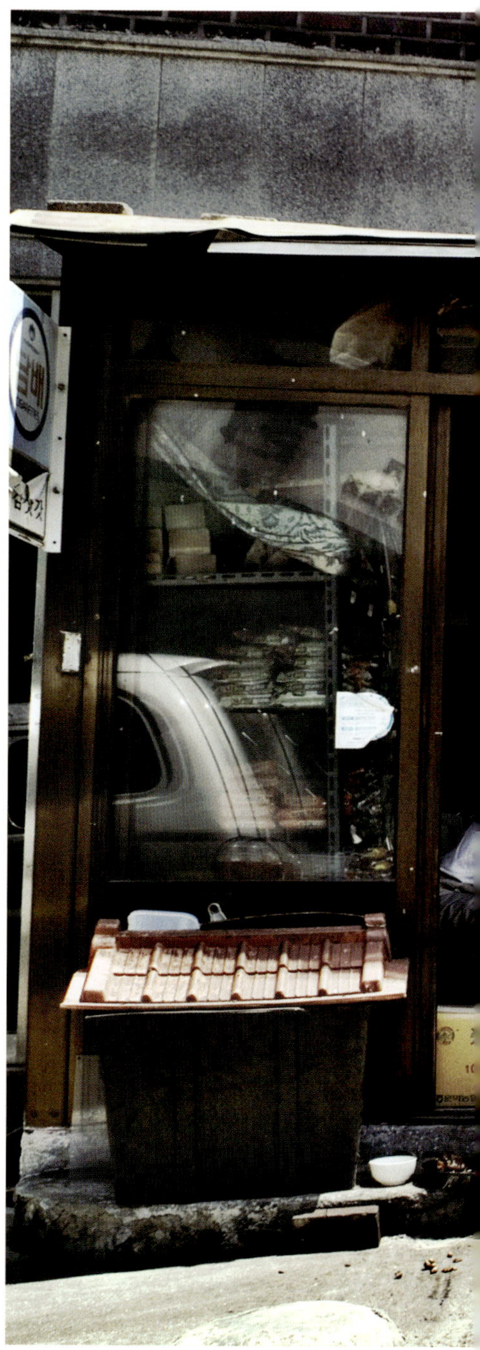

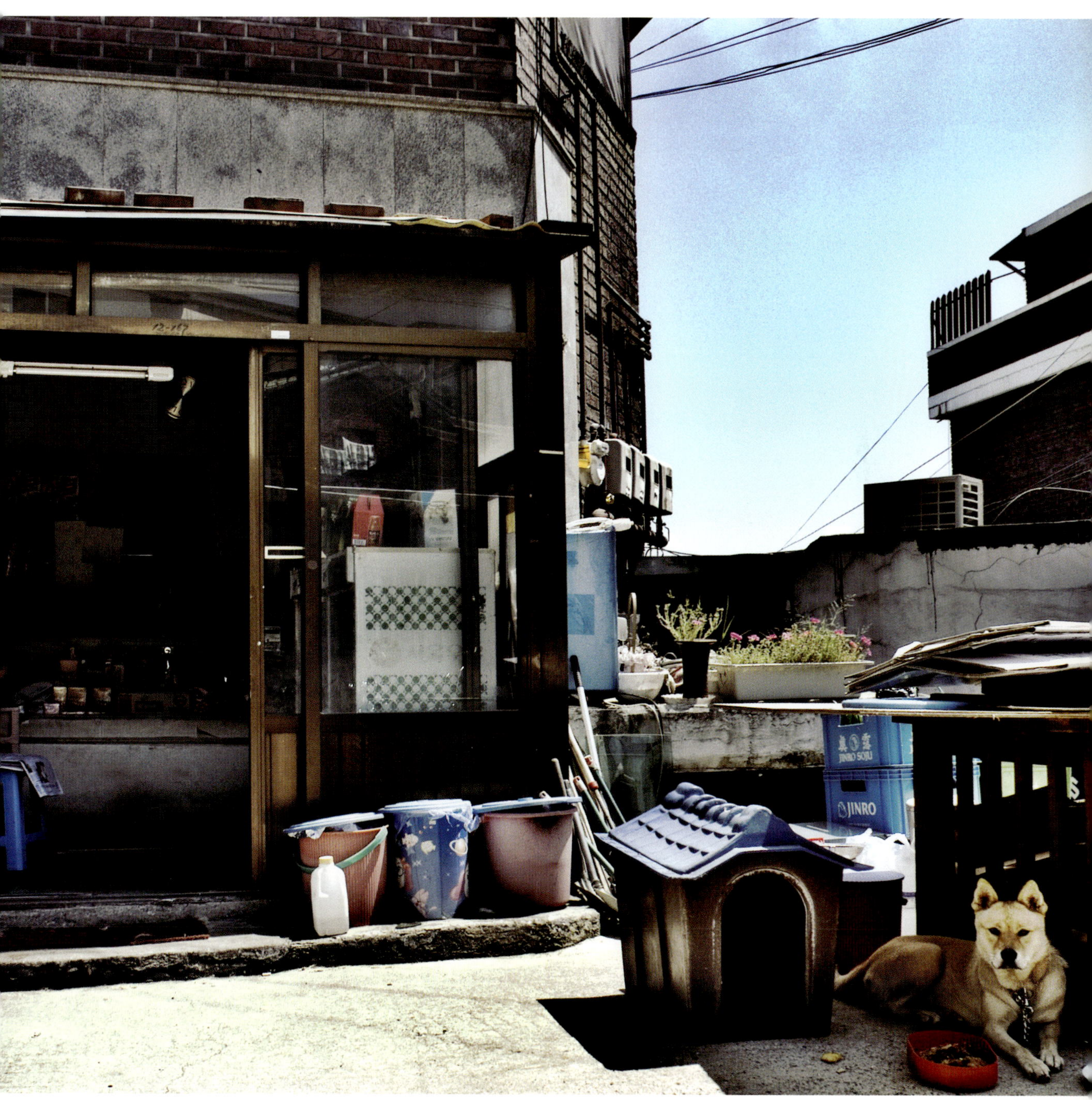

잠든 아내의 숨소리가 애틋하다.
사랑이라는 거짓말로 10년을 버텨왔지만,
앞으로 10년은
어떤 거짓말로 버틸 수 있을까.
눈물로 젖은 베갯잎을 내일 말리고
따뜻한 햇살아래서
반성을 꿈꾸는 등처가가.

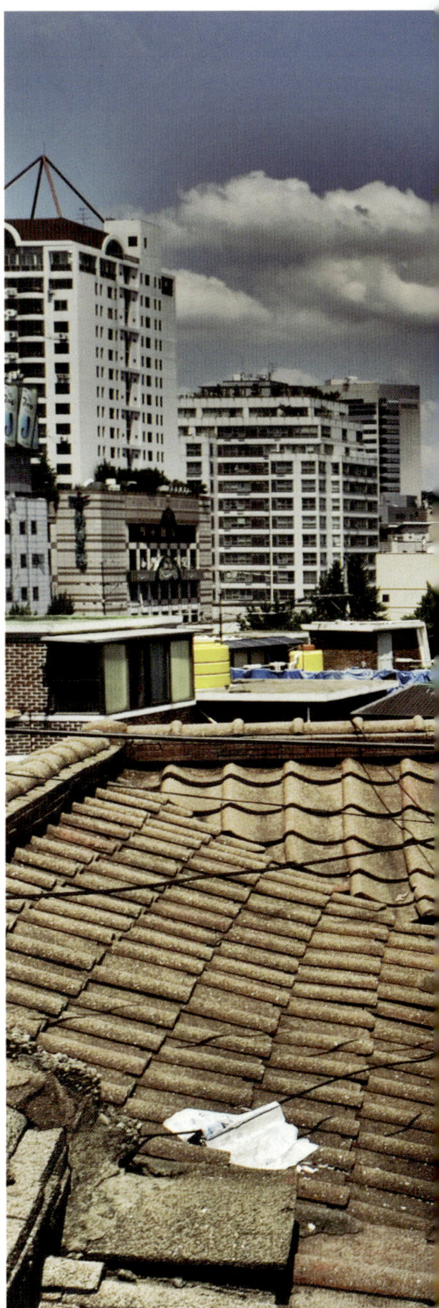

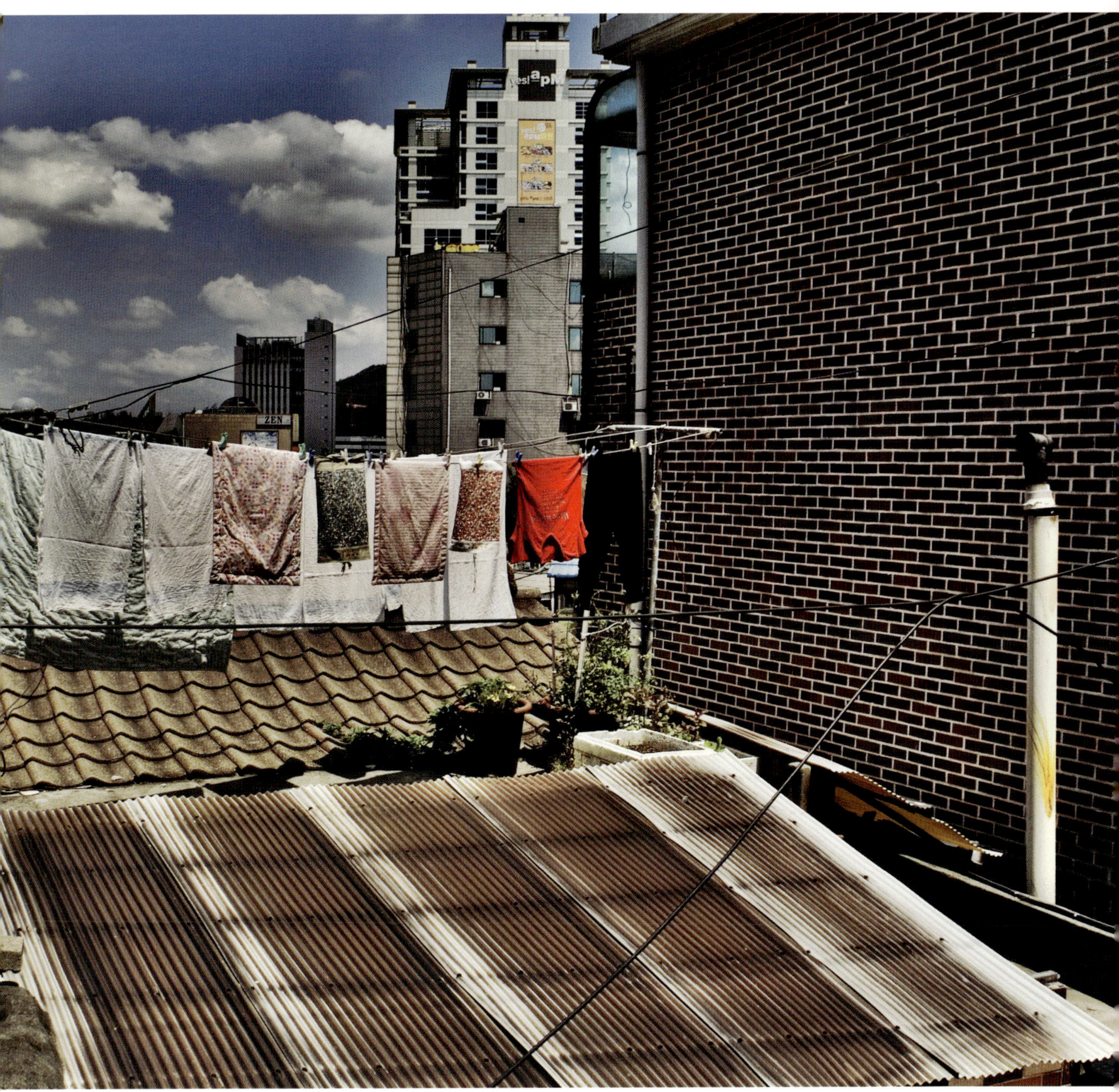

취향은 다양한 콜렉션을 만들어내고
가난한 작가의 삶을 연명케도 한다.
재료로 승부를 건 형태는 미적으로 상승된 자기가치를 동반하고
이야기로 풀어낸 형상은 서정을 끌어내어 자기승화를 가속시킨다.
그러나 시대는
이야기를 잠식시켜 논란을 거부하고, 애써 무시한다.

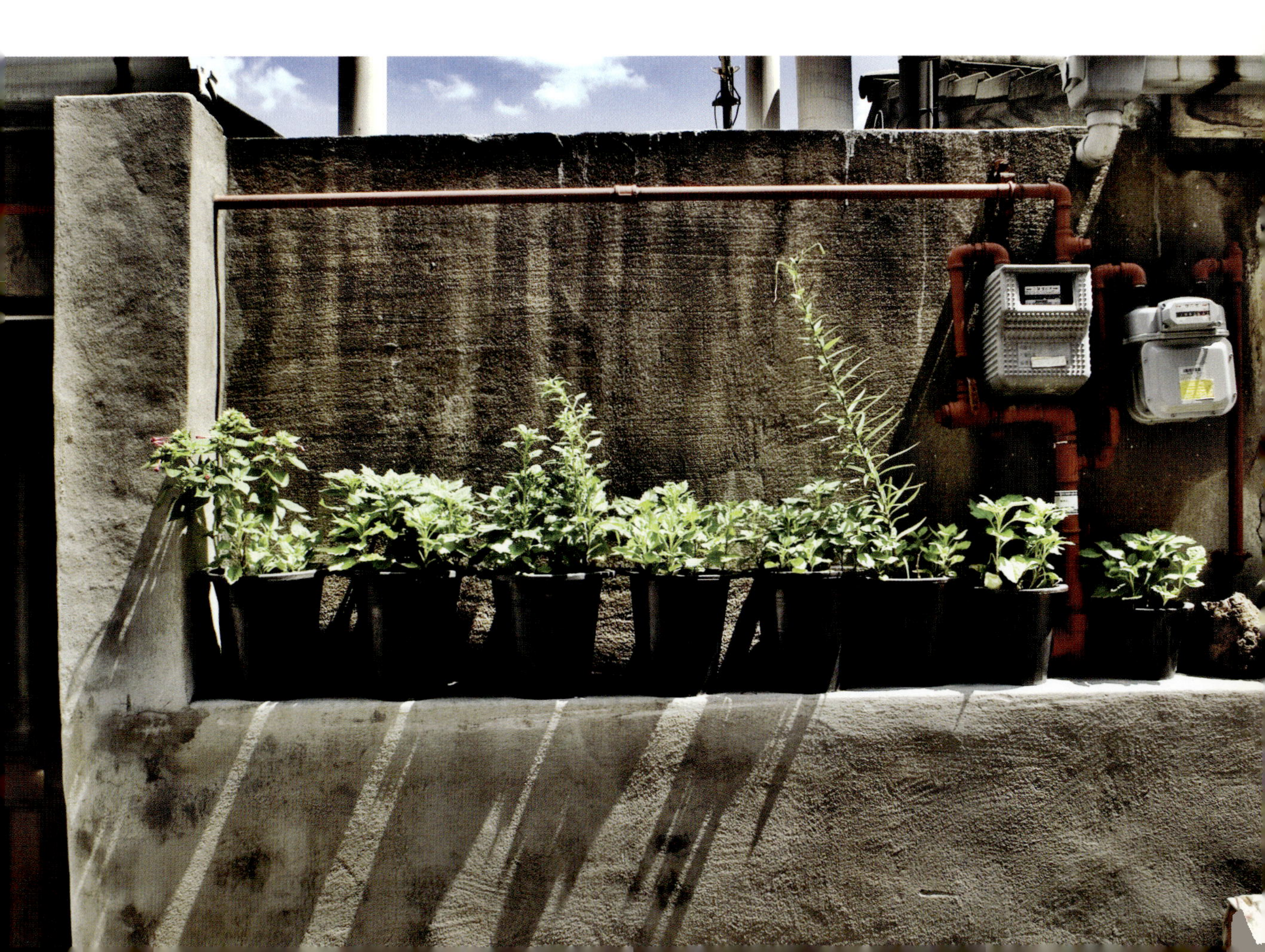

단칸방은 섬이다.
섬으로 가는 뱃길은 108계단.
섬엔 TV가 신주단지다.
신주단지는 뭐든 다 있다. 원하는 모든 것을 눈으로 자위한다.
때론 그마저도 신통찮다.
연기력이 없어도 예쁘다는 이유로 존재하는 그녀의 드라마를 보아야 하고
빨간 팬티를 입고 거리를 떠도는 팝아티스트의 슬픈 과거를 들어야 하고,
막말과 흠집내기의 토크쇼를 보며 웃어야 하고,
할말을 하는 아나운서의 밥줄이 끊기는 것을 들어야 하고,
끝없는 여자와 남자의 불륜을 참담해해야 하고,
재벌남과 가난녀의 사랑을 발 동동거리며 응원해야 하고,
대출을 부르짖는 광고에 솔깃해야 하고,
죽음을 경고하는 보험상품에 전화기들 들까 말까 하고,
시시콜콜 연예인의 신변잡기를 기억해야 하고,
솜방망이로 두드린 성범죄를 보도하는 뉴스에 분개하는
이 부산거림에도 불구하고
가끔 생을 밑바닥까지 관조하는 TV는
슬프게도 켜면 힘차게 켜지는
한결같은 섬의 단 한 친구다.

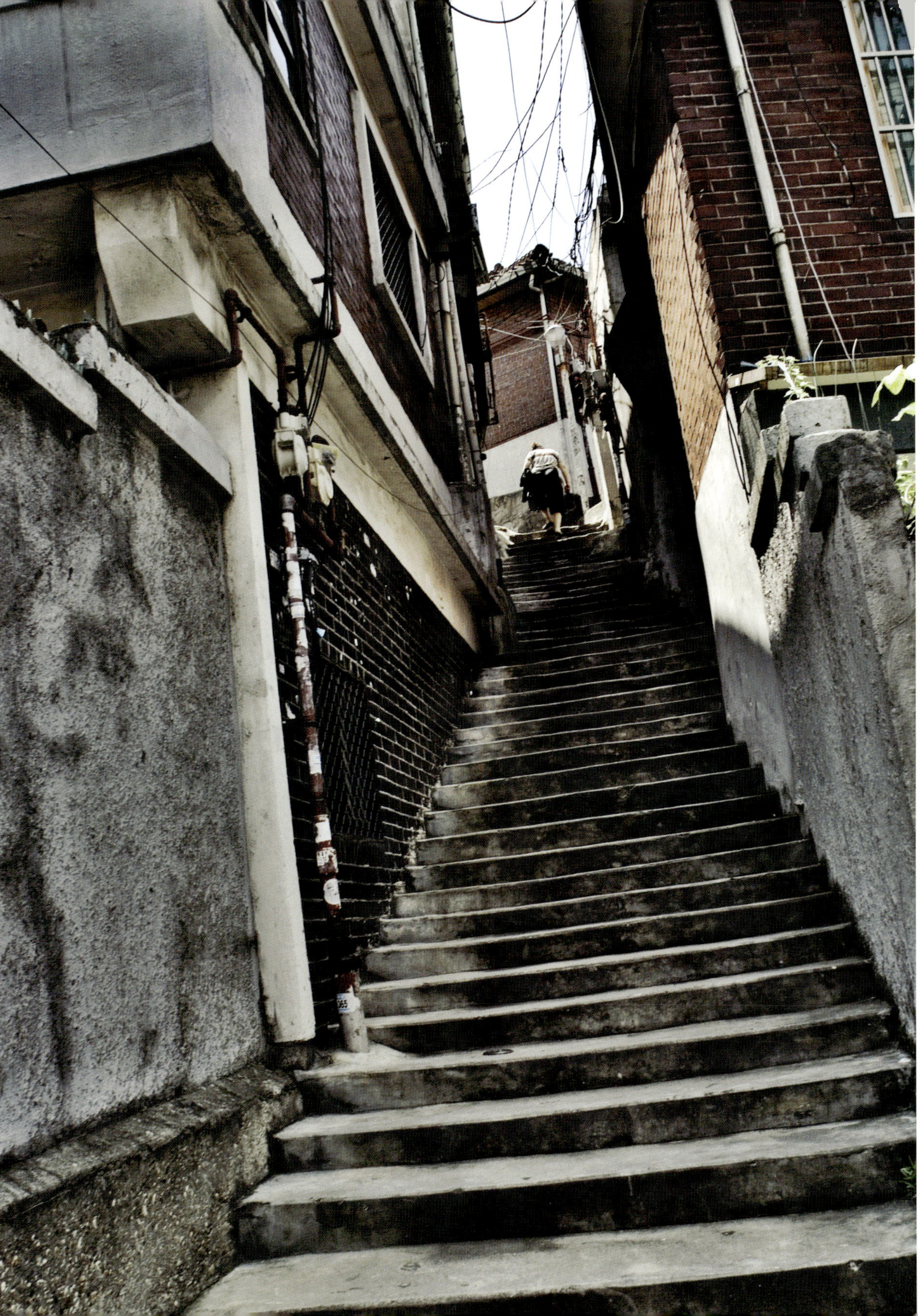

주차로 뻐근한 골목을 항의하듯 정원을 조성하다.

자동차는 이미 그의 언어가 된다.
언어는 그의 성대를 타고 나오는 언어보다 때론 강력하다.
주장 하기 전에 수긍되거나, 무시되어지는 언어가 된다.

그래서
골목은 매일 새로운 자동차로 빼곡이 채워지고,
산뜻한 아침의 발걸음은 완벽하게 증발한다.

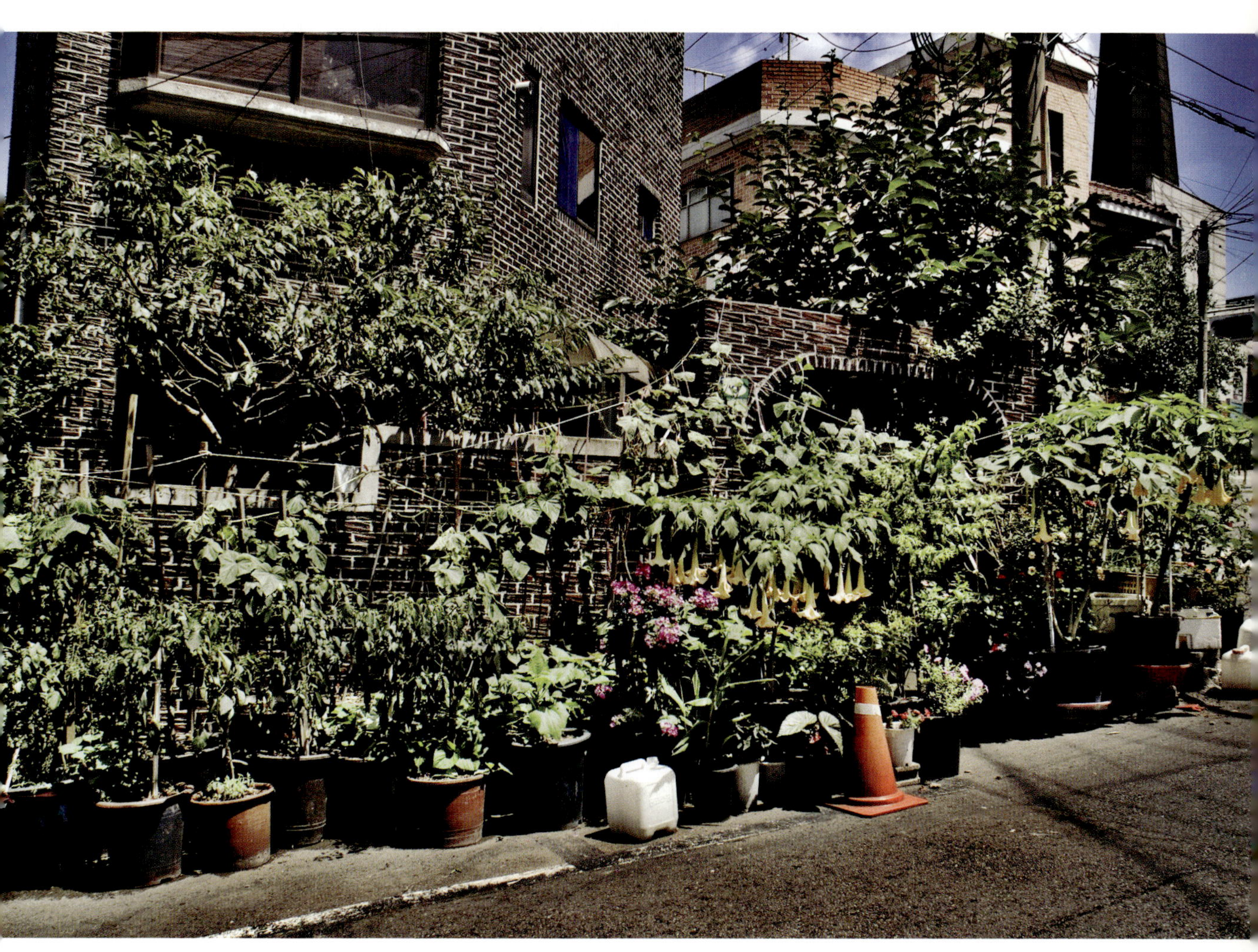

풍경은 예사롭지 않아 한글만 아니면 국적을 잃어버린 도시의 뒷골목.
공적공간의 사적분할은 자로 잰 듯이 매일 매시간 매초 할당된다.
편의로 선택된 재료들은 생존의 정당성으로 변명되지만
시선은 머물고 싶지 않아 황급히 자리를 떠난다.

노고산동 블루스

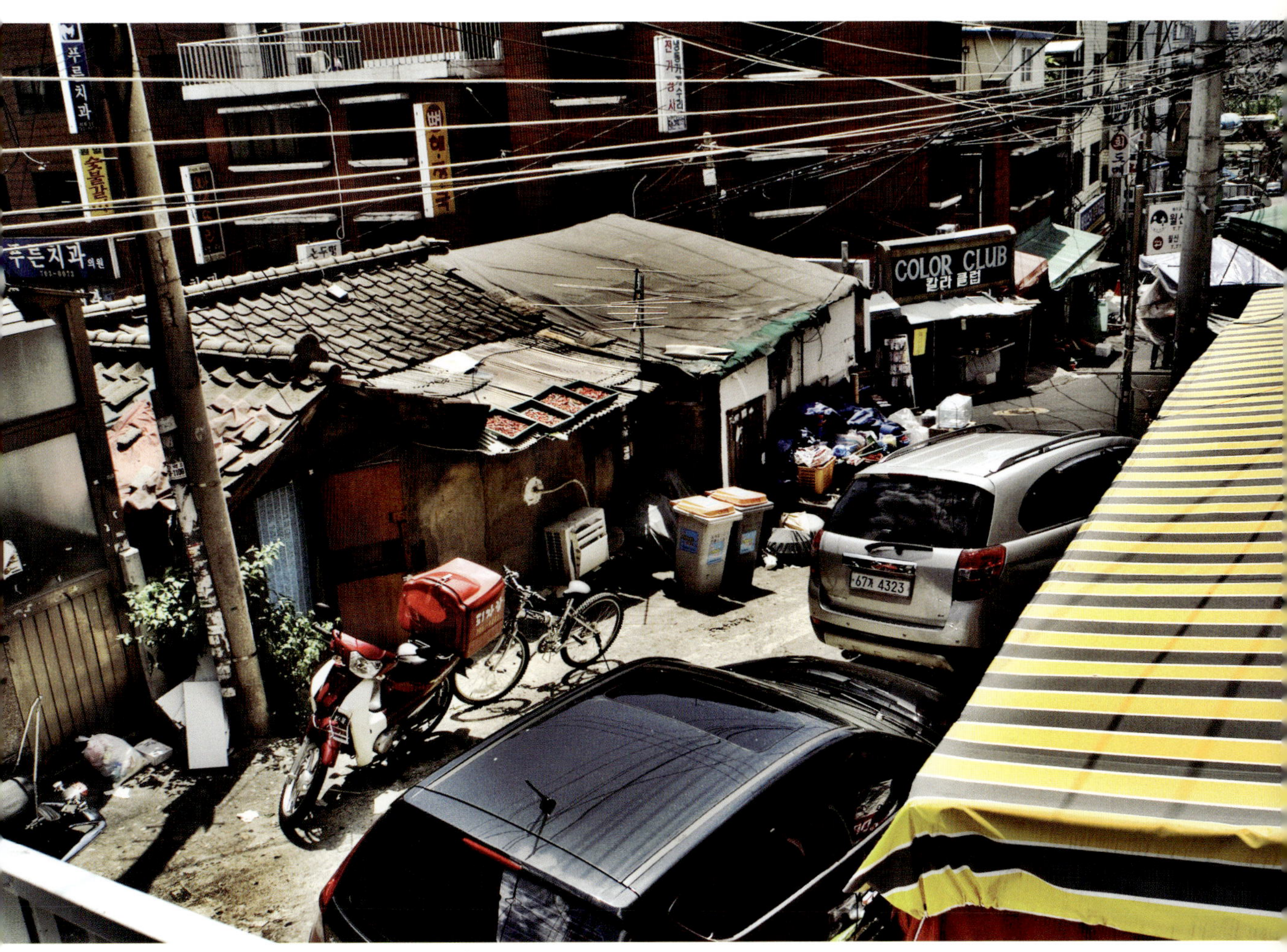

푸른치과
숲물감
푸른치과 의원
COLOR CLUB
칼라 클럽
67가 4323

익명의 삶은 독재의 시대에 가장 큰 호응을 얻는다.
익명은 늘 욕망의 구체적 실현을 위한 장치가 되었다.
반면 소외의 시대는 원하지 않는 익명의 시간이 길어지고,
존재의 무상이 폐부 깊숙이 쌓이며,
존재의 각인을 위한 몸부림을 한다.
수단과 방법을 가리지 않고.
그래서 기억되기 위해,
우리는 기억할 준비를 하고
기억되는 것은 사라지지 않는다.

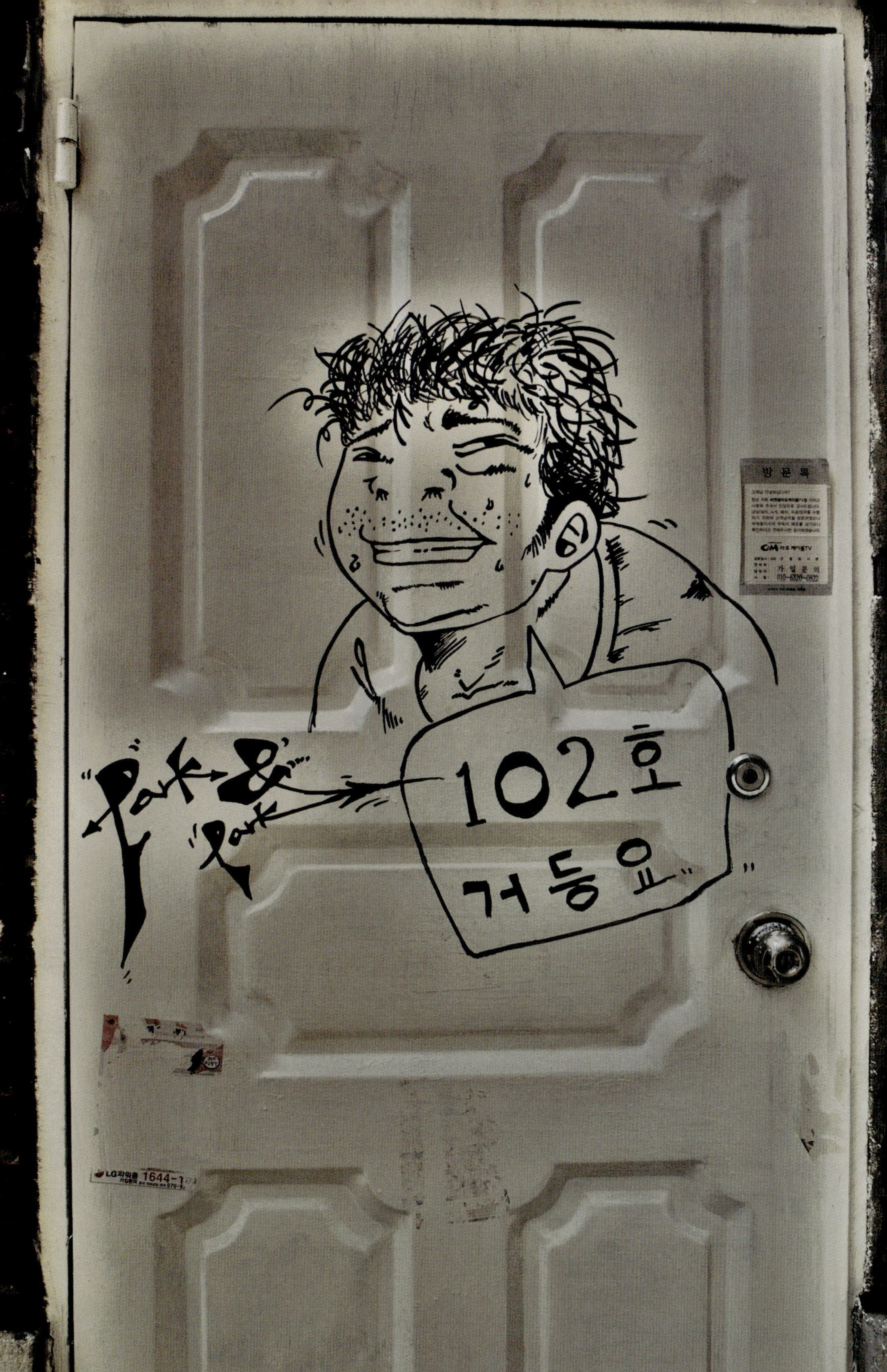
Park & Park
102호
거등요
방문록

하늘을 향해 꽂꽂이 고개를 들고 핀 배신의 꽃 - 능소화

배신은 하필 내가 가장 잘 안다는 사람에게 당하고 그래서 가장 속 쓰리다.

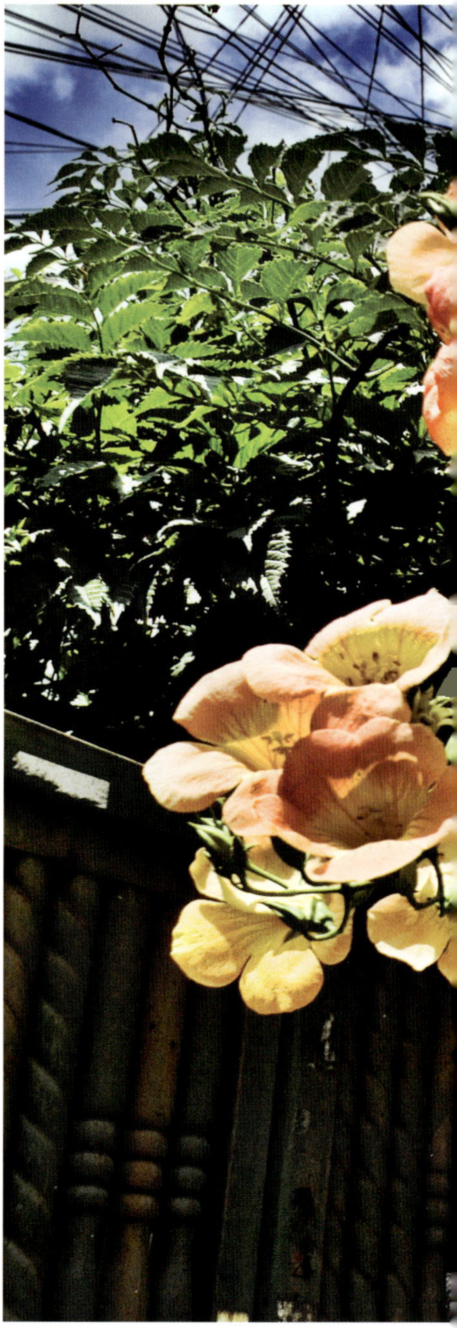

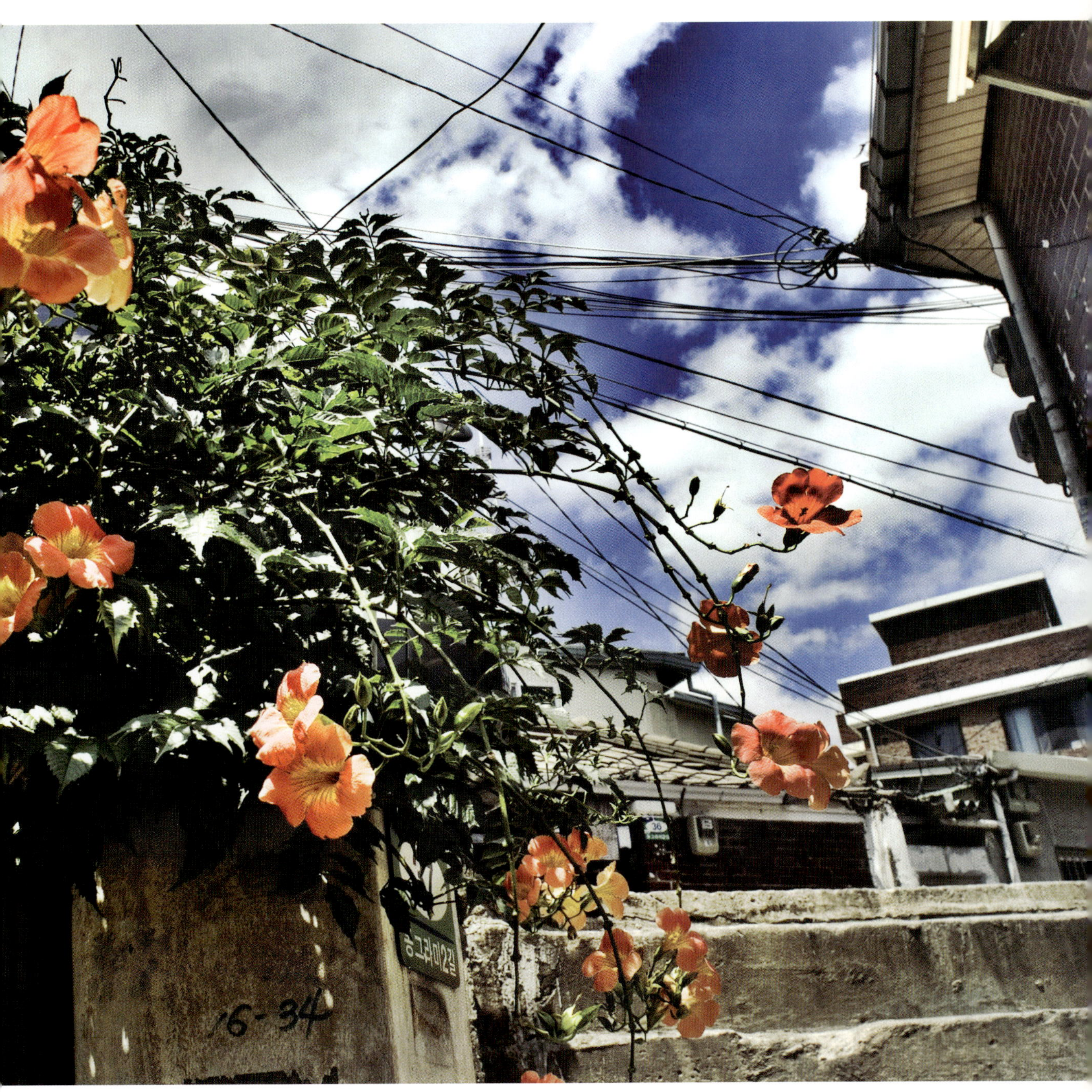
숭그레미2길
16-34
36

2009년 대한민국의 새로운 홍위병.

자전거부대

제발 그 꽉끼는 옷만은 입지 말아 주세요

백만번의 민망함으로 얼룩지는 무한 상상력.

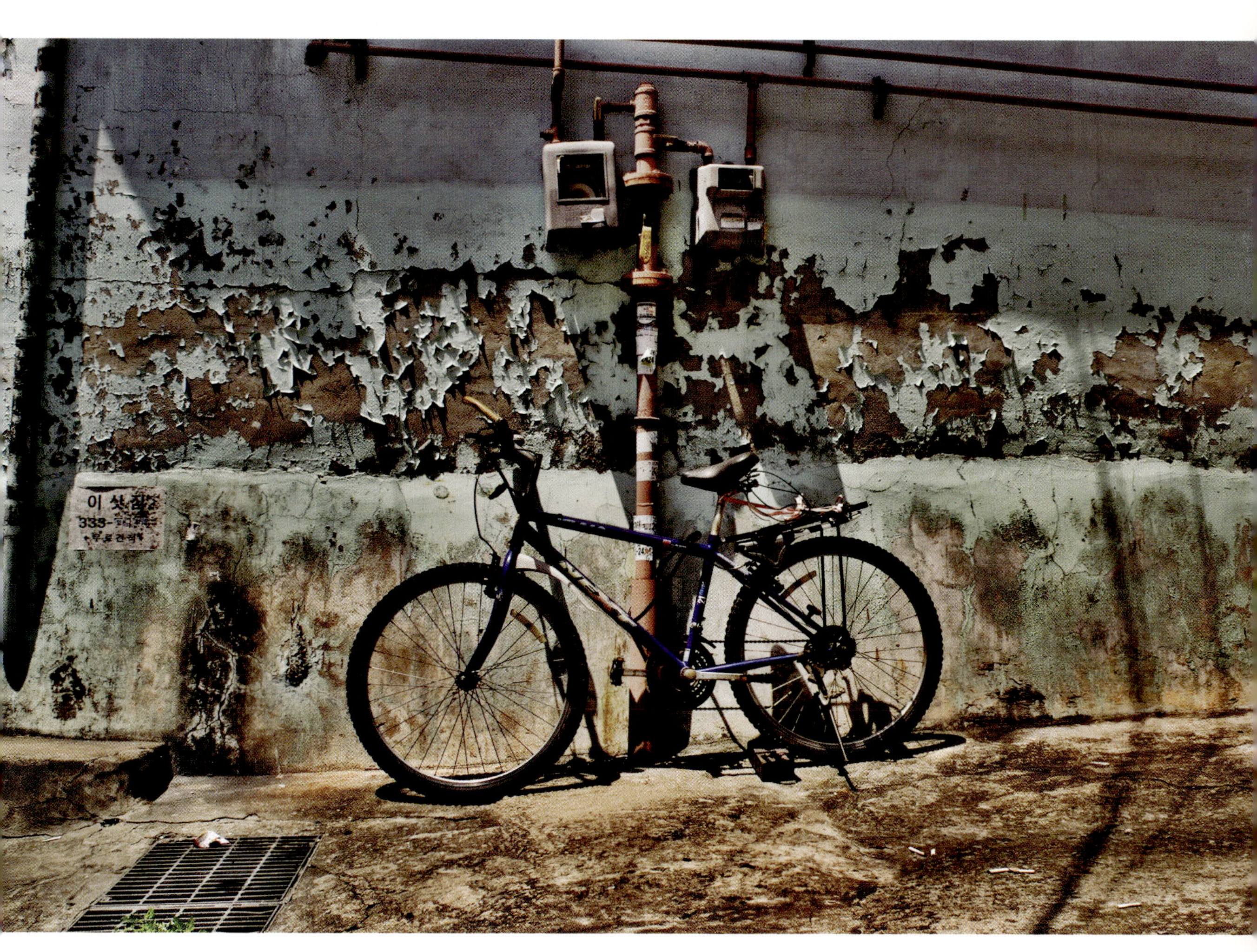

얼굴의 뼈로부터 5cm도 안되는 피부층은 색깔과 형태를 결정짓는다.
합의된 미모는 추앙을 받지만 주변의 추근덕거림으로 기억은 온통 잡스러워진다.
남들보다 먼저 손을 타고 남들보다 먼저 쾌락 속으로 침몰한다.
다행히 자본과의 합종연횡으로 잘 살고 있다.

노동으로 검게 탄 그의 얼굴이 합의된 미모가 되는 날
세상은 미학적 발전의 역사를 다시 쓸 수 있다.

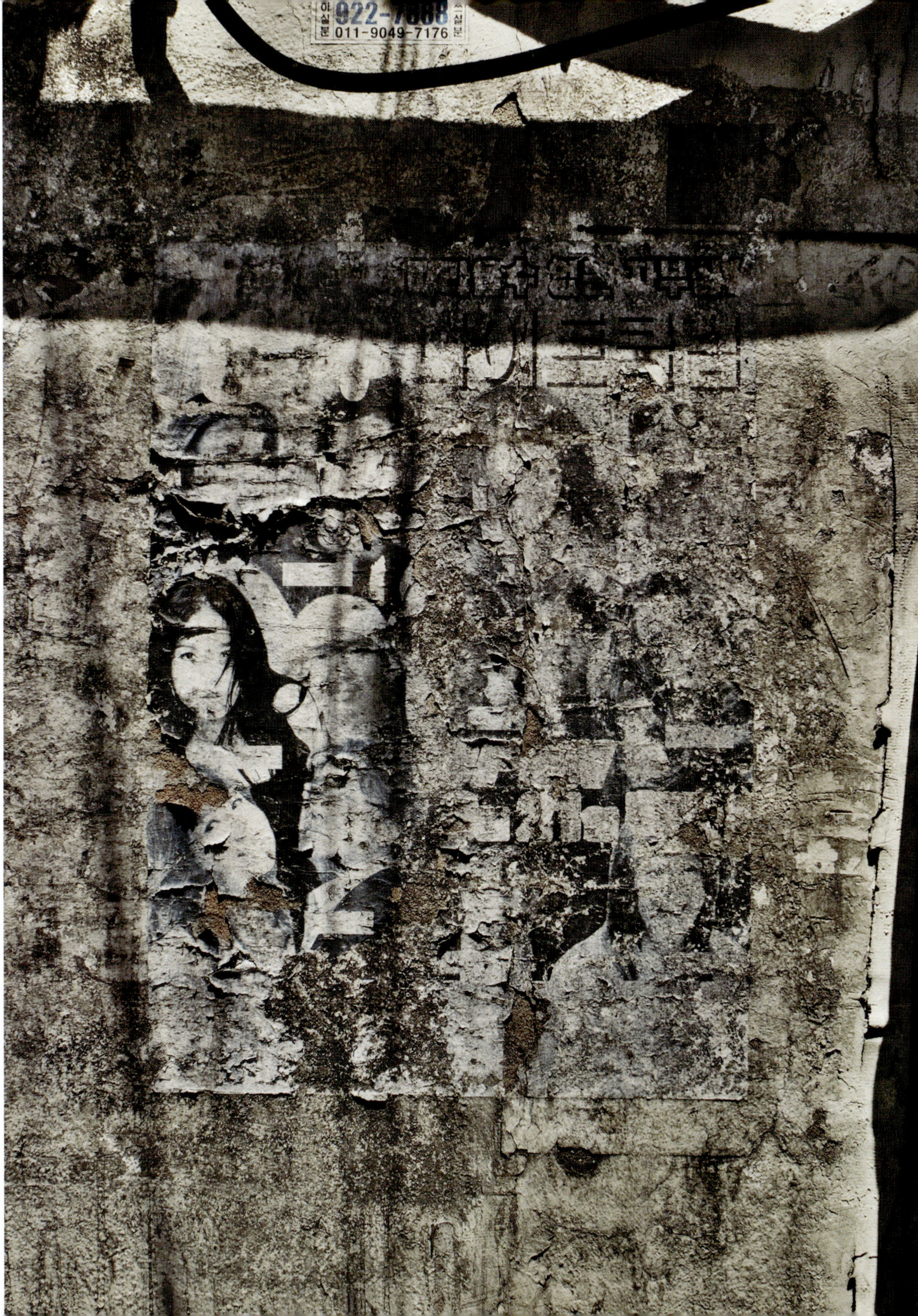
922-7008
011-9049-7176

"포유류는 더 이상 새끼를 낳지 않는다."

세습되어질 고뇌와 열등을 두려워하는 현재. 독려되어지는 임신은 철 지난 구호에

불과하고, 머지않은 미래의 우리는 실버들만 존재한다.

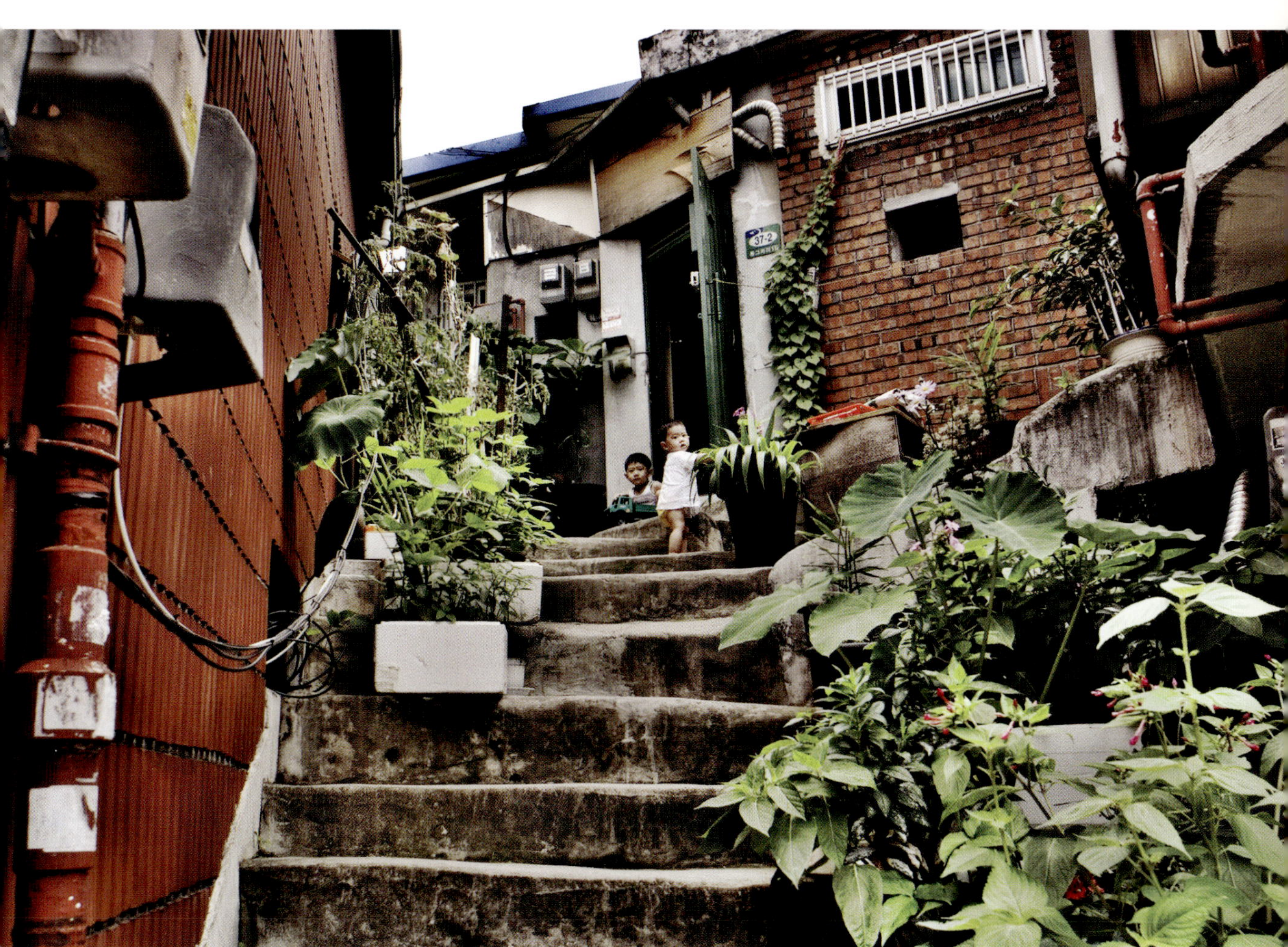

고양이에게 도시는 이미 밀림이다.

길들여지기를 포기하고도 도시에서 살아남은 고양이는

인간의 크기로 잘 닿을 수 없는 곳에 진지를 구축한다.

버려진 애완견들이 공포와 배고픔에 도시의 골목을 털털거리며 배회하는데,

고양이는 떳떳하게 독립하여 버젓이 잘살고 있다.

버려지는 모든 것들은 골목에서, 도로 위에서, 한강에서, 바람에서 배회한다.

노고산동 블루스

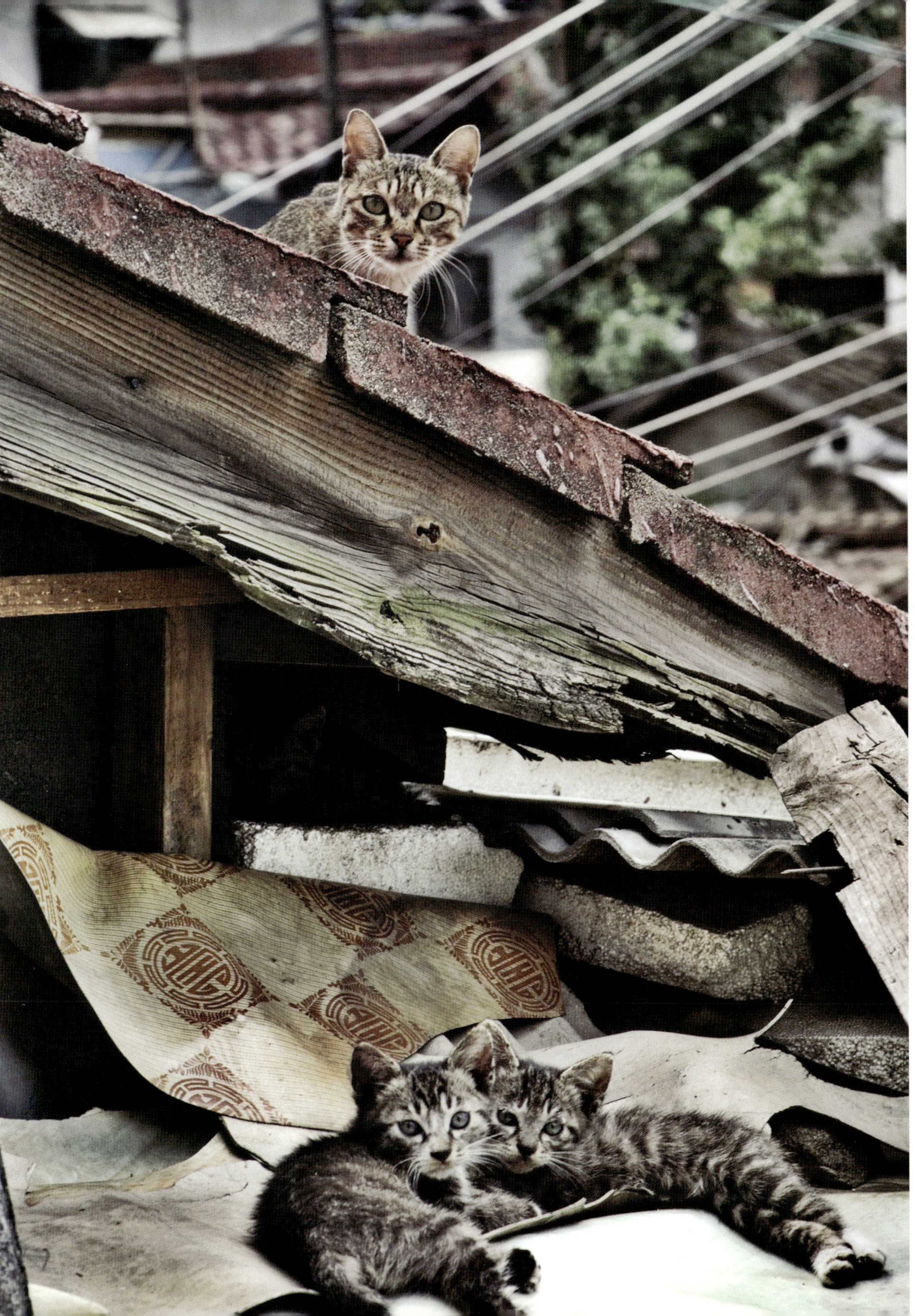

광고 속 모델은 주변에 없다. 주변인의 체형이 객관적 다수의 수위를 차지하더라도
광고 속 모델은 미의 지향점이다. 성욕은 미의 지향점 그곳에 정체되어있다.
발정난 유부남들은 종종거리며 게슴츠레 눈을 굴리고.
작가들은 아름답다는 꽃을 그리고 만들고 노래한다.

2007년 12월
어제 우리는 우리의 아름다운 꿈,
자본적 가치를 키워줄 사람을 "큰 바위 얼굴"로
지명한다.

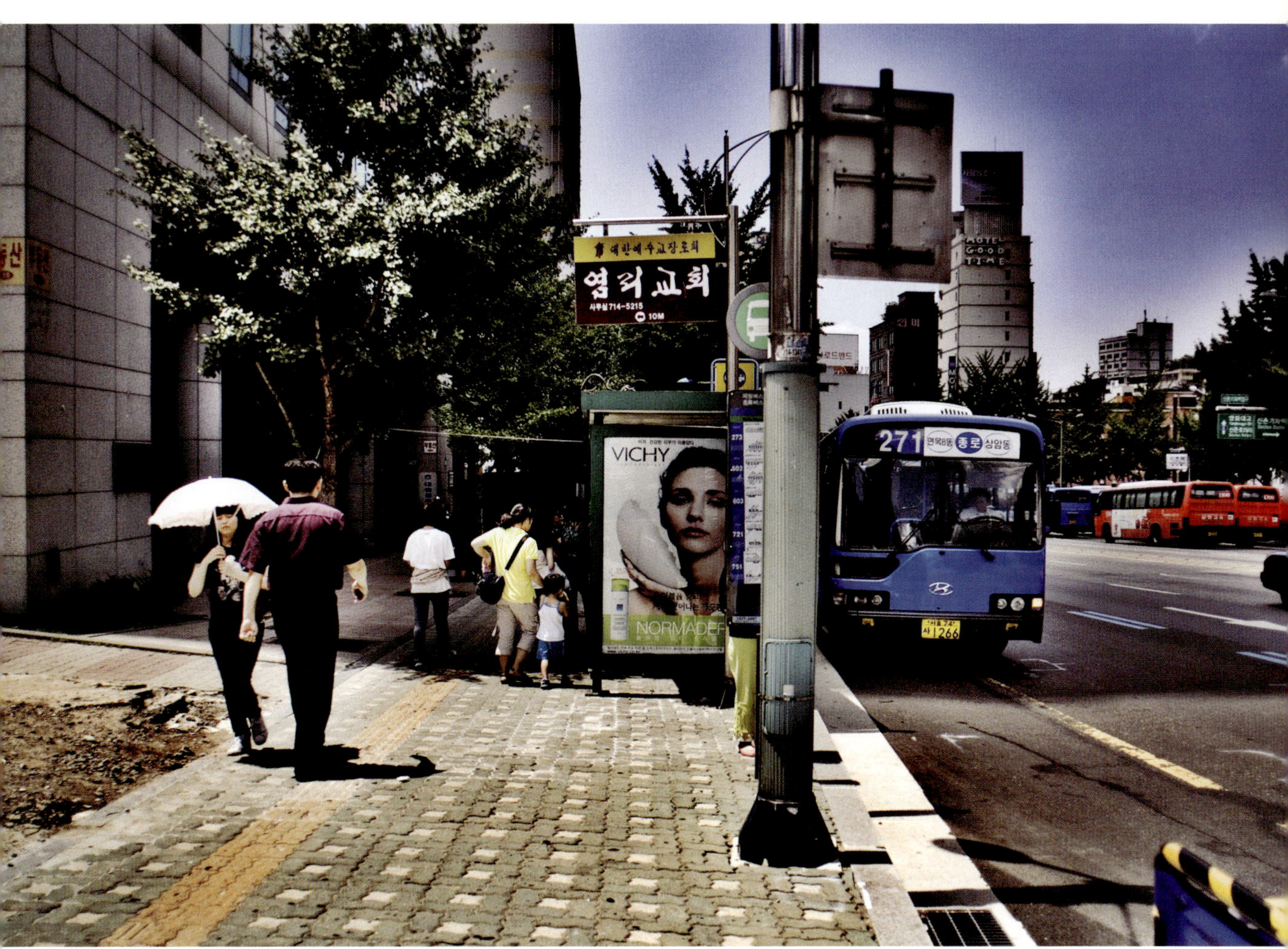
대한예수교장로회
연리교회
사무실 714-5215
10M
VICHY
NORMADERM
271
면목8동 종로 상암동
서울74 사1266
HOTEL GOOD TIME

울긋 불긋

소녀의 꿈이 양산에 걸려있고

허걱거리며 오르는 계단이

달갑진 않아도

딸에게 들려줄 희망이 있어

집은 가깝다.

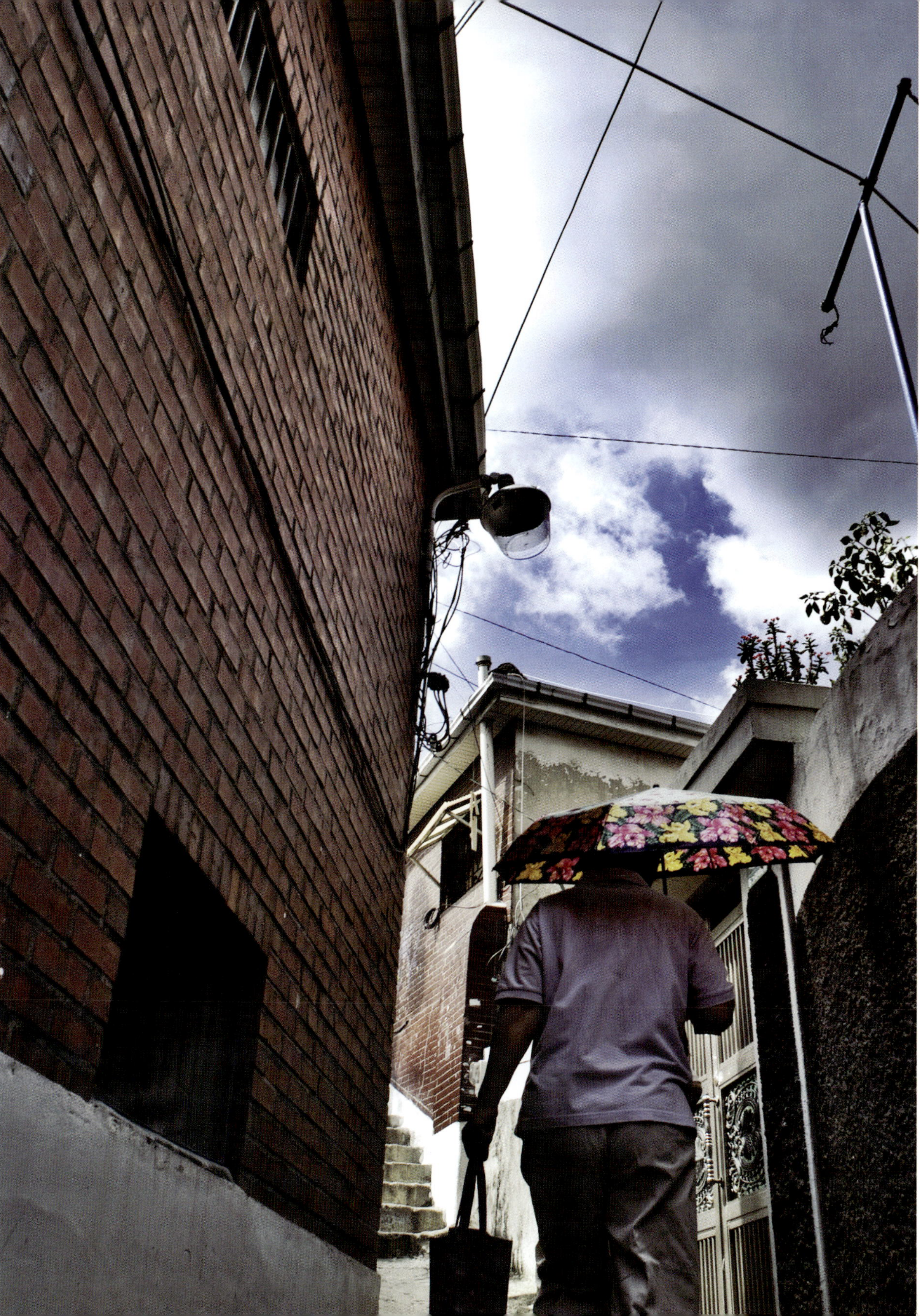

산사의 높은 계단위에도
도시의 높은 계단위에도
신을 향한 염원은 계속된다.

노고산동 블루스

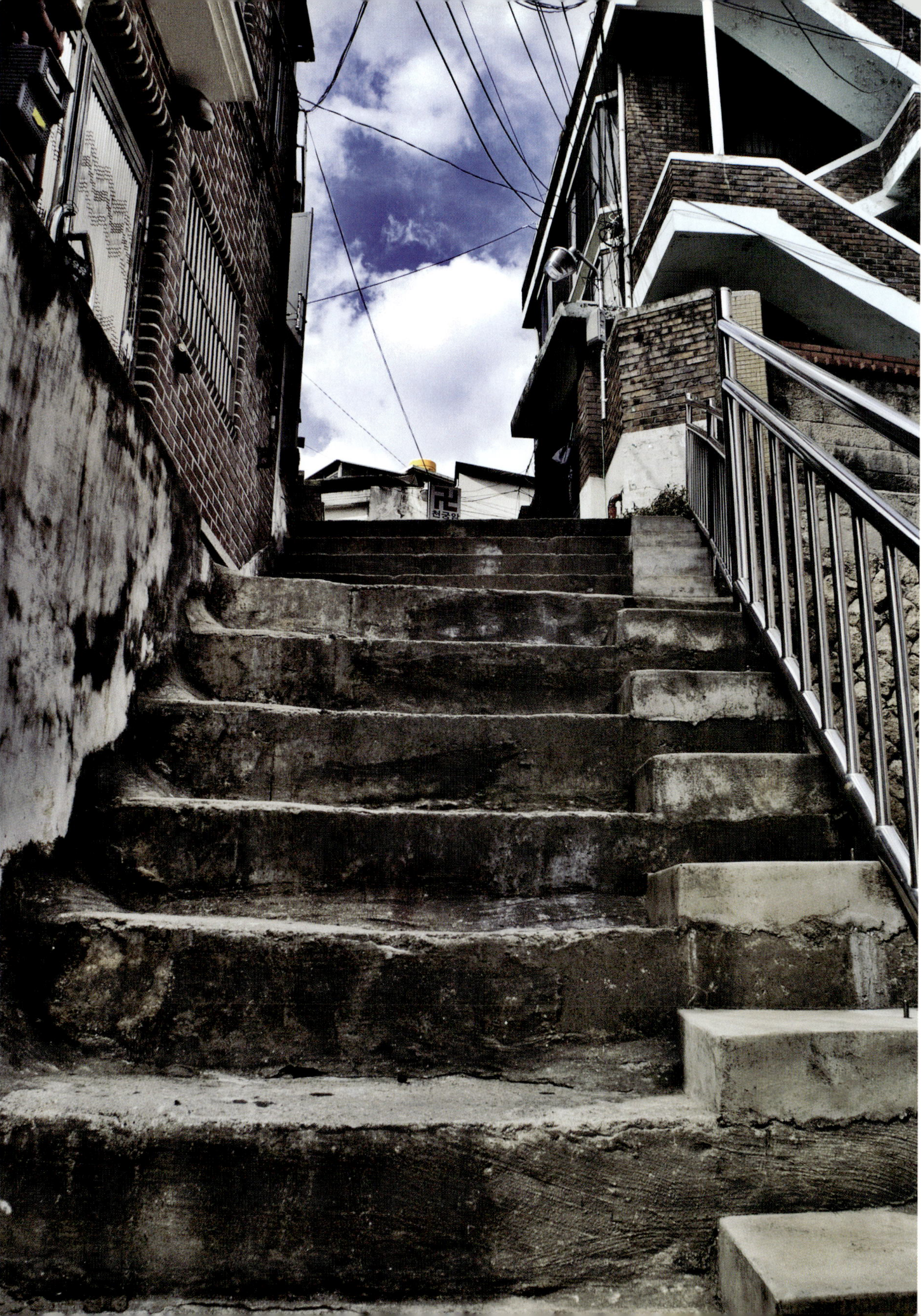
천궁안

편지를 전하기 위한 우체부의 노력은 암호가 된다.
풋풋한 사랑을 전하던 편지는 이제 없다.
카드와 핸드폰 등의 고지서만이 편지함을 채운다.
다달이 지불해야 될 대한민국호의 입장권들이 배달되고
"우편배달부는 두 번 벨을 울린다"는
로맨티스트의 고전이 되었다가 야동이 된다.

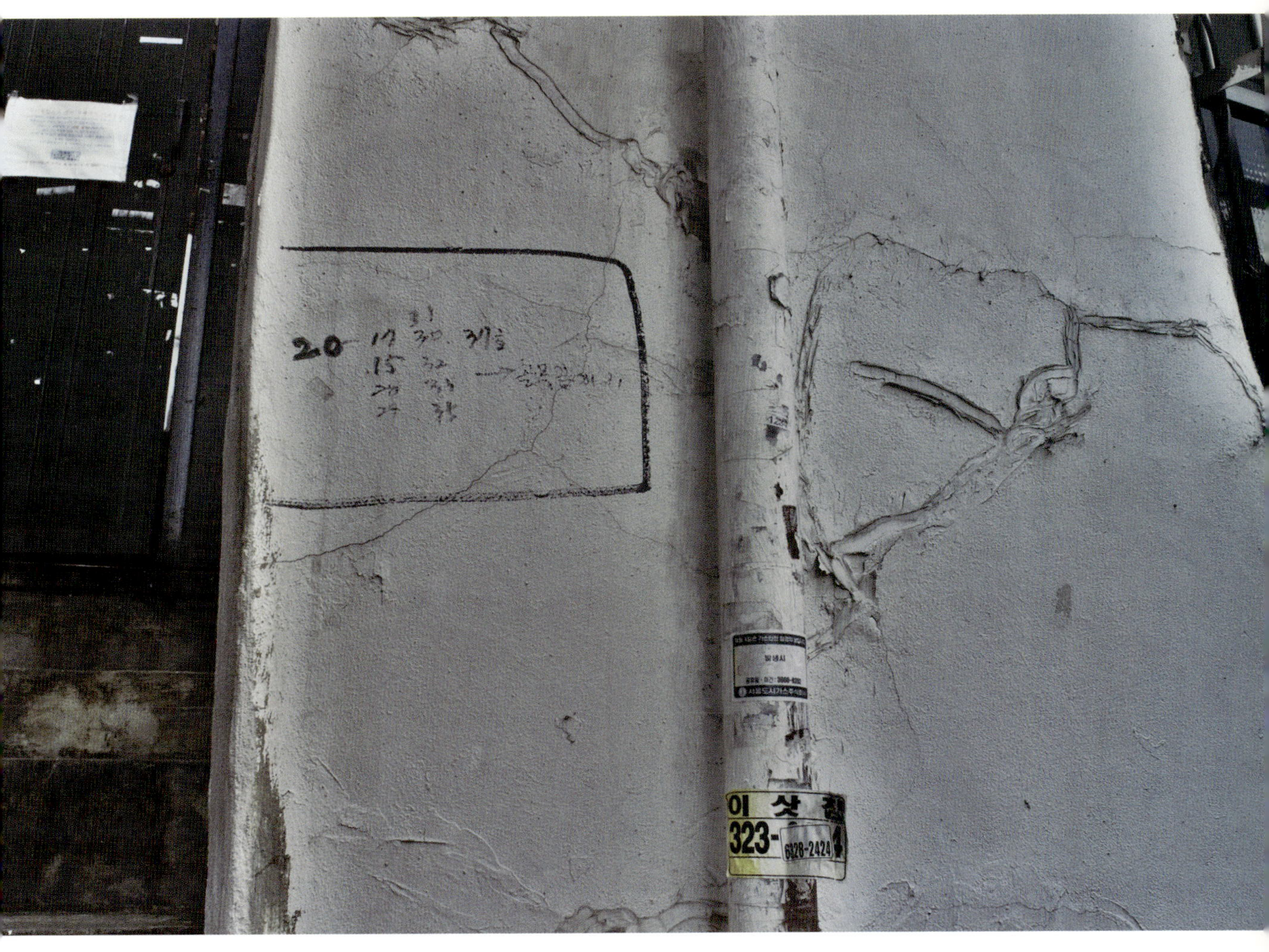
이 삿 짐
323- 6328-2424

한 그루의 덩굴은 새로운 재료(TOOL)의 문패조형물이다.

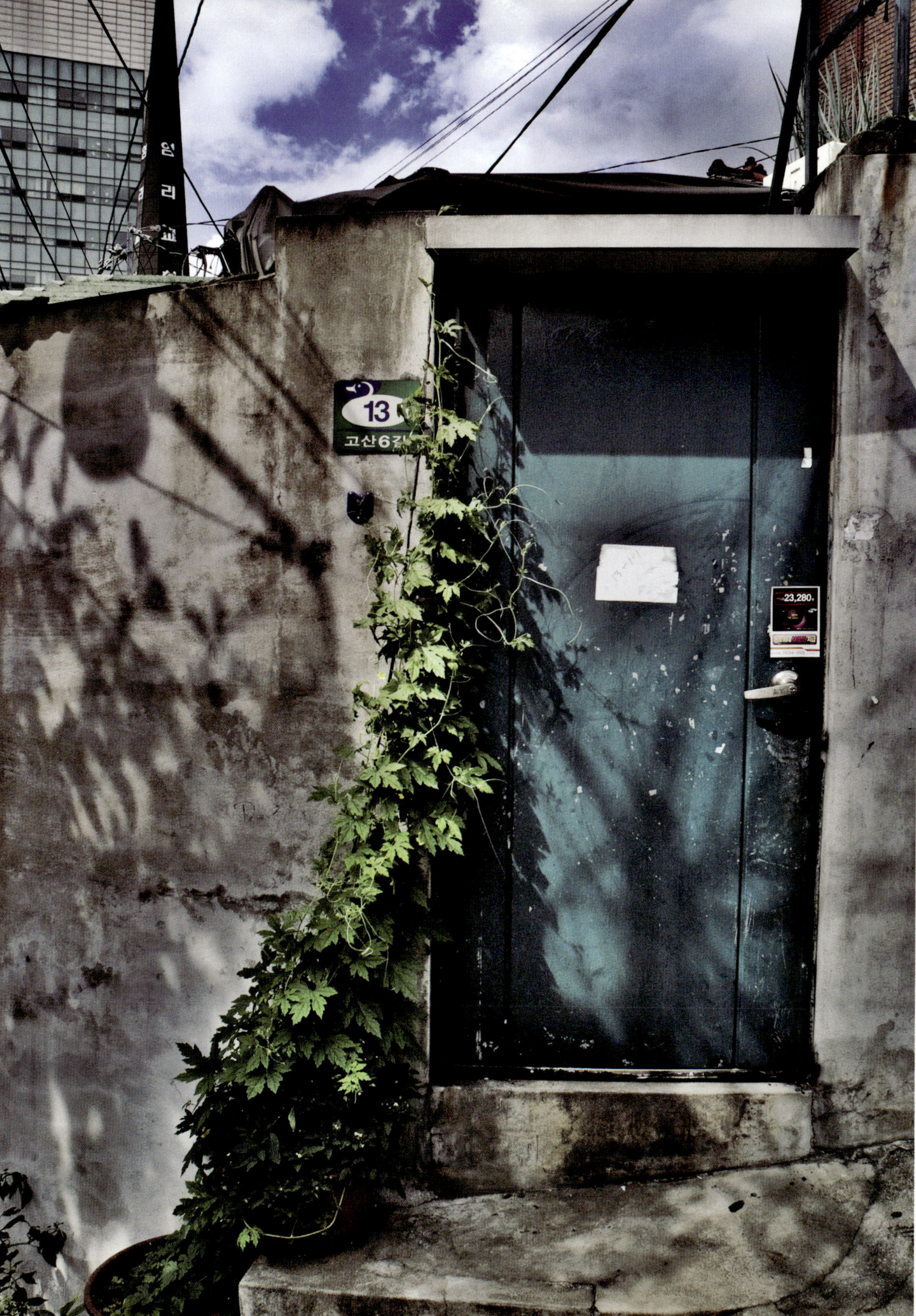
13
고산6길
23,280

눈이 시리다.
주거가 점령한 스카이라인은 직사각형 또는 삼각형.
뒷동산의 두둥실 스카이라인은 도시에 없다.
파란하늘을 뵈올 면목 없어
더욱 눈 시리다.

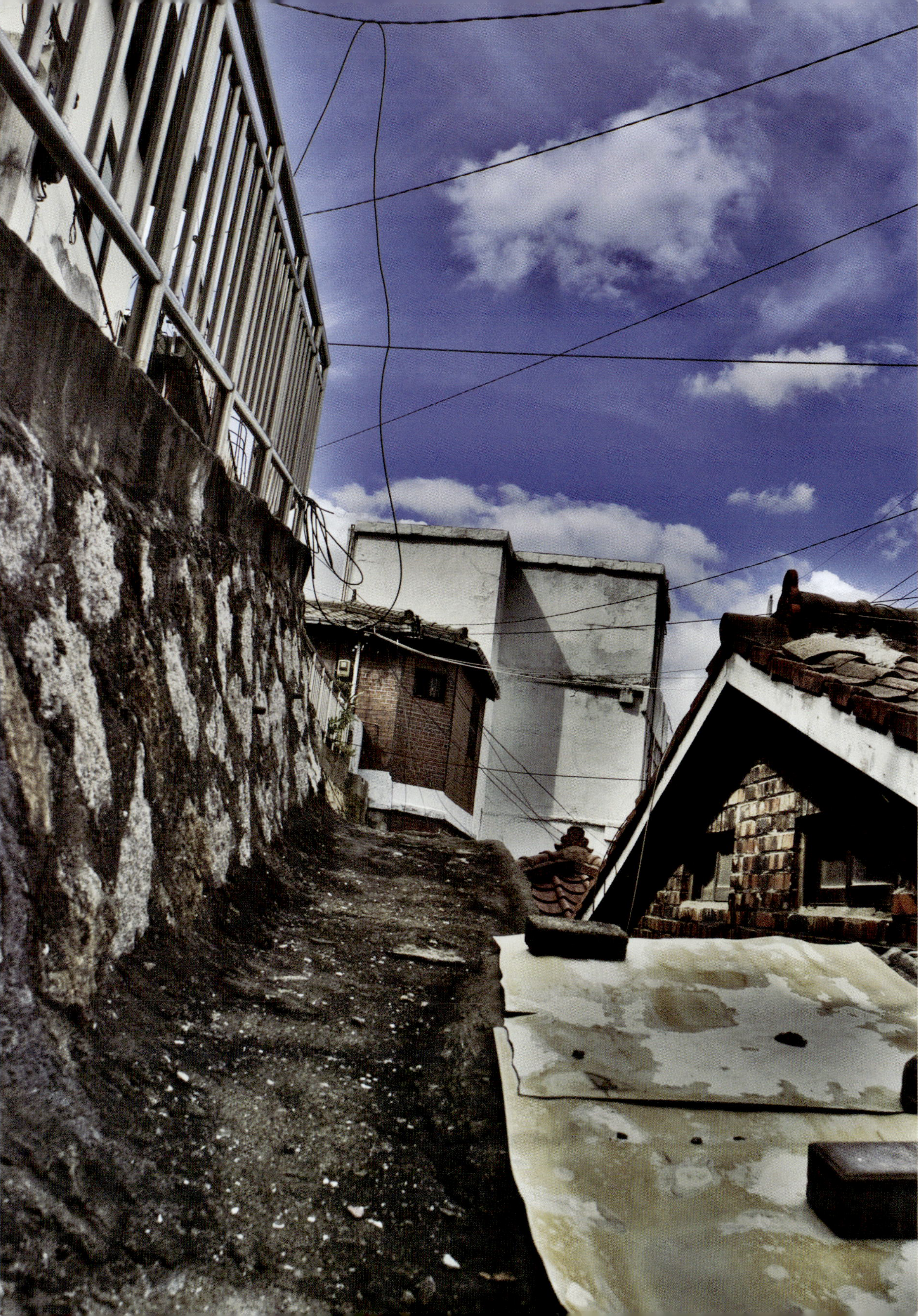

상처가 아물고 딱정이가 떨어지듯
광고스티커들을 밀어낸 문짝에서
따뜻함이 밀려온다.
죽어서 판자가 된 나무라지만
그래도 그 물성을 그대로 드러내고
유한한 인간의 삶을 닮은 나무는
오늘 따라 내내 따뜻하다.

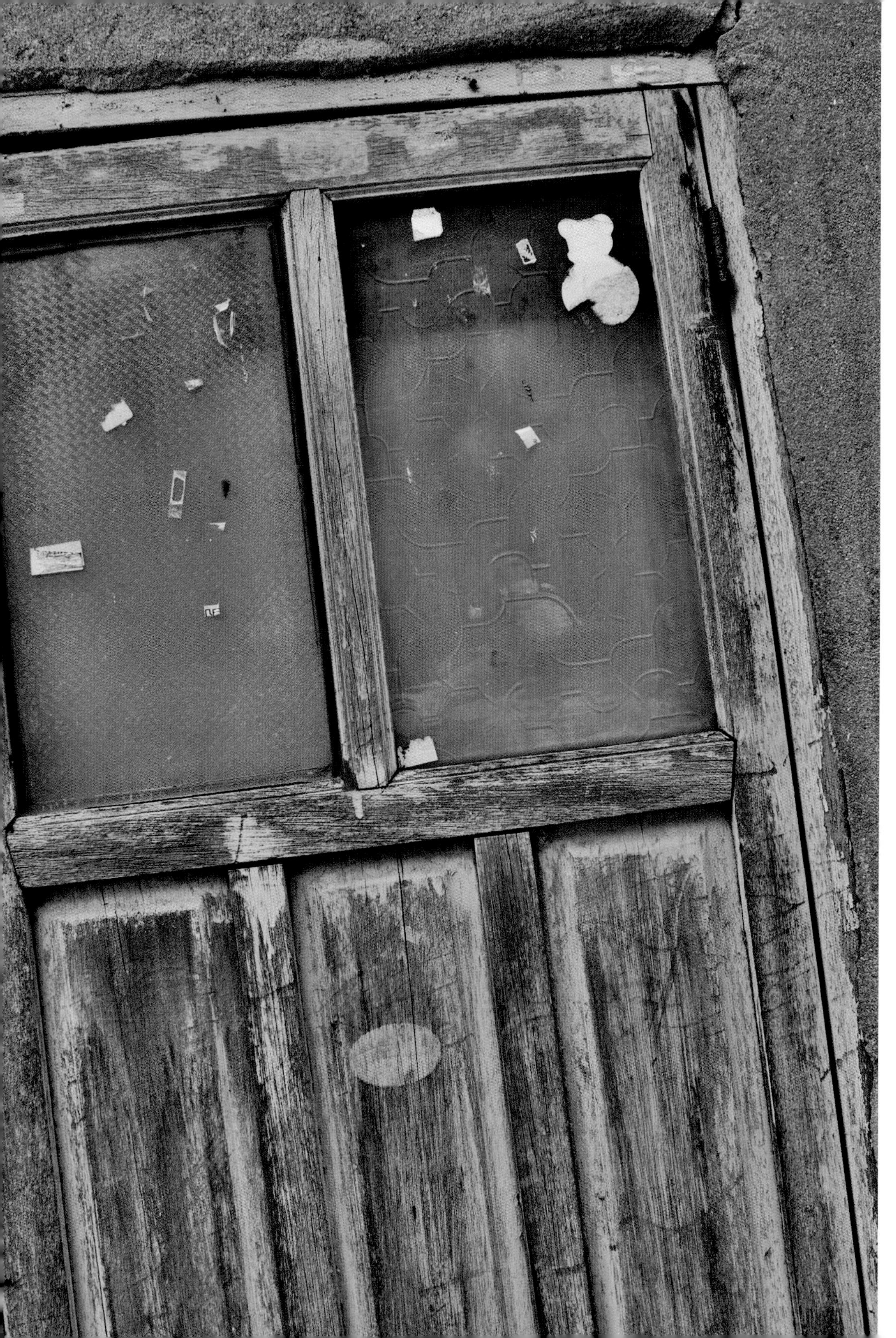

여백을 허락하지 않는 도시의 생리는

개발이라는 미명으로

채움을 통해

그 허기를 달랜다.

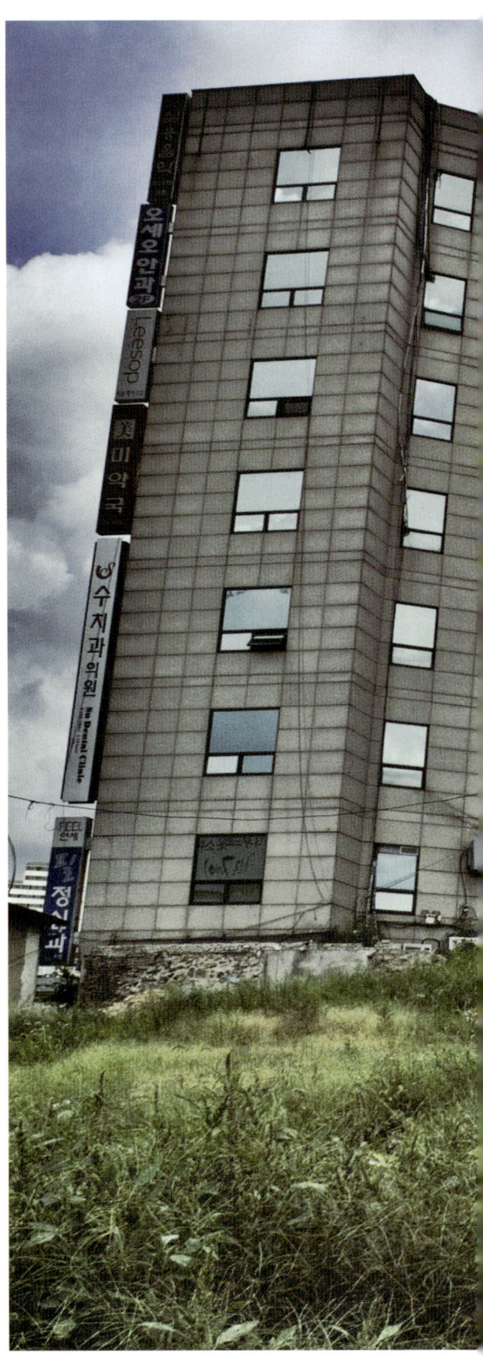

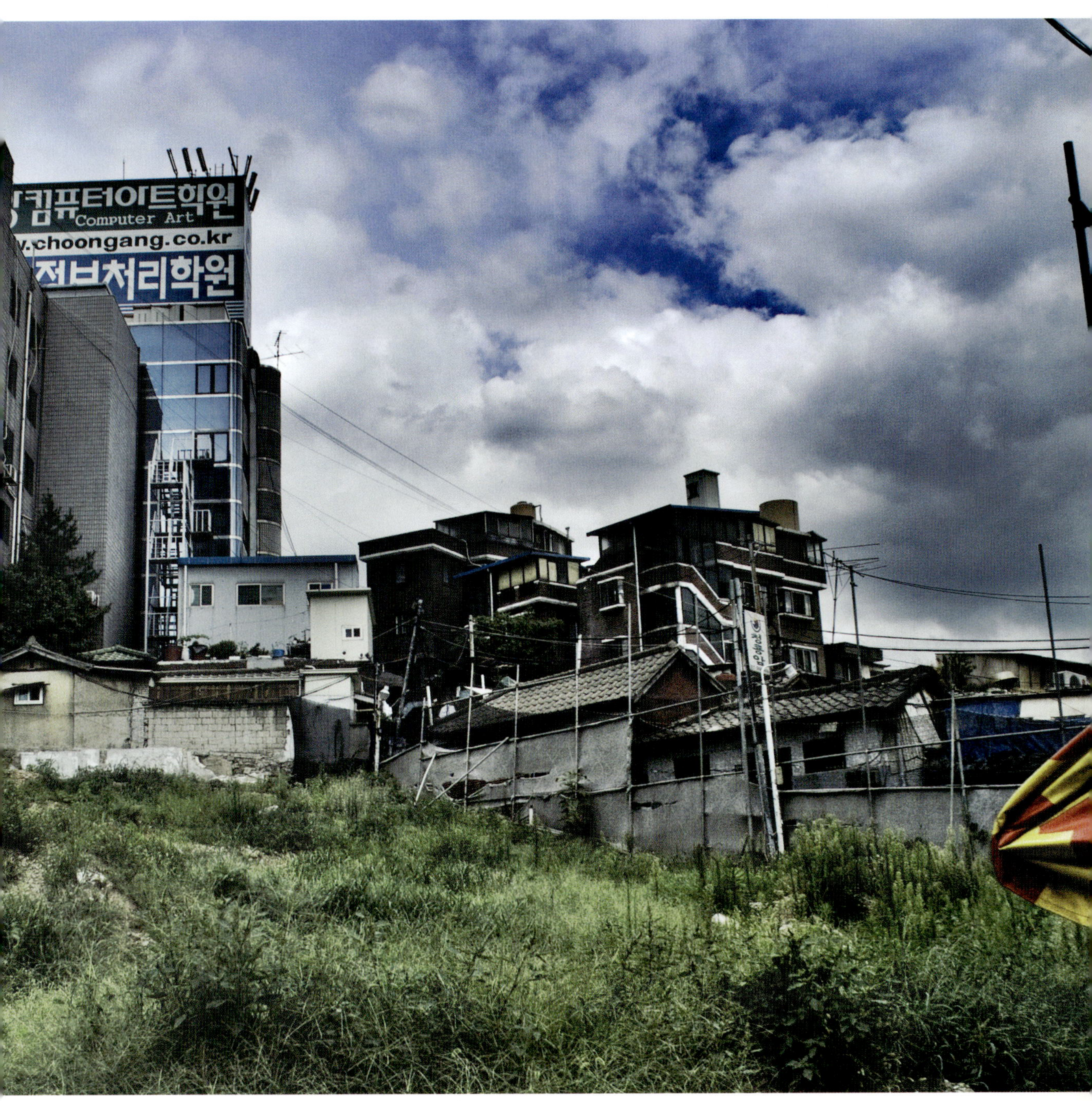
컴퓨터아트학원
Computer Art
w.choongang.co.kr
정보처리학원
청룡암

그나마 도시가 따뜻한 것은 과일 가게 할머니의 넉넉한
인정이 비상구로 앉아있기 때문이다.

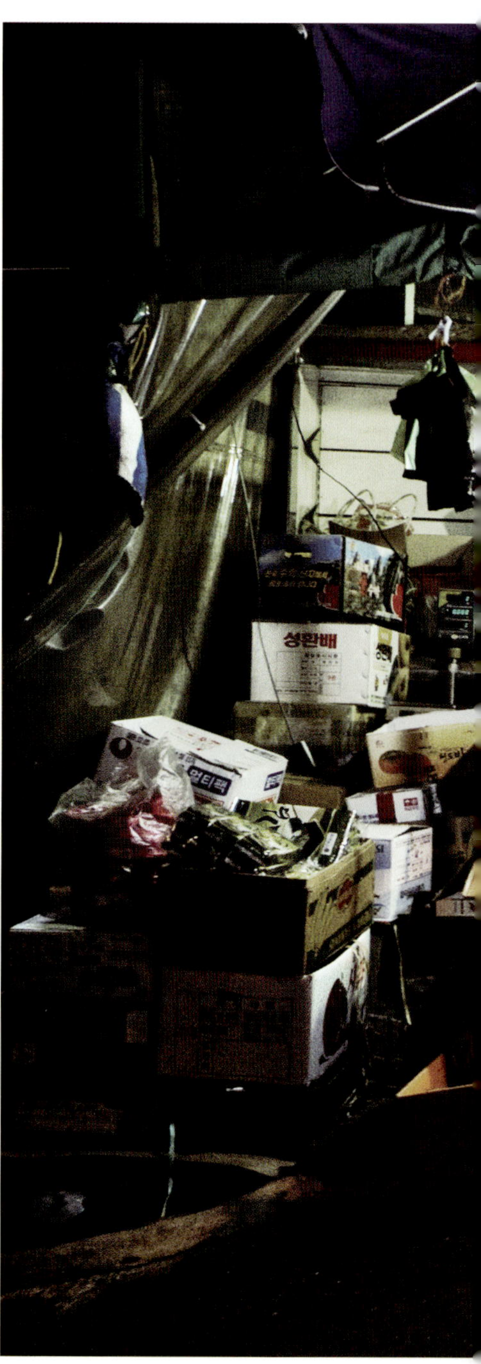

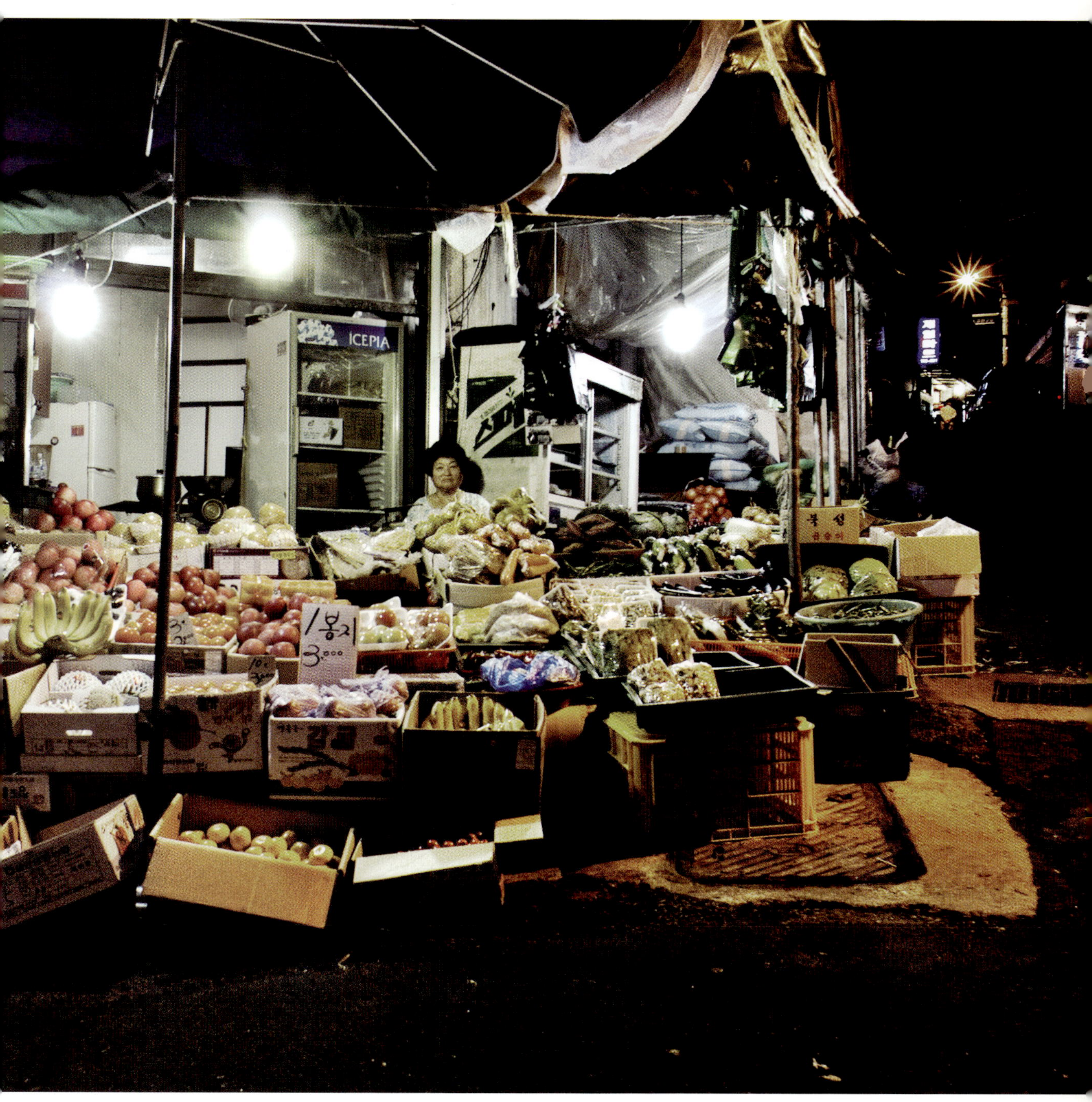
ICEPIA
1봉지
3,000

배고픔은 인간의 유기체적 한계를 드러내는 신호이다.
손하나 까닥거릴 희망조차 없을 때 그가 한결같이 나르던
밥은 생명이다.
생명을 나르는 그대에게 개근상장을 수여함

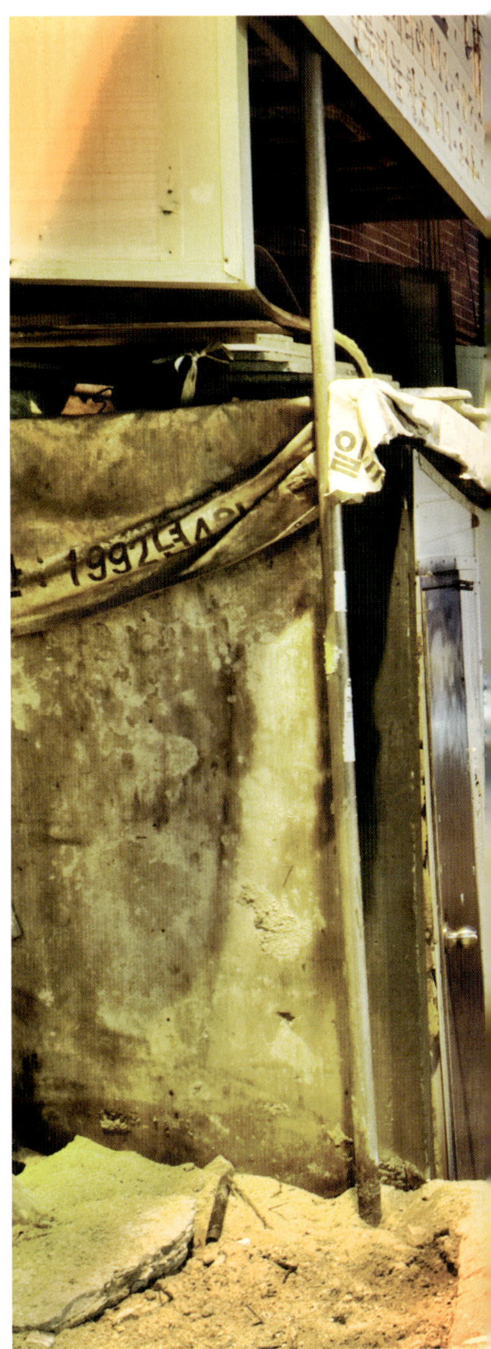

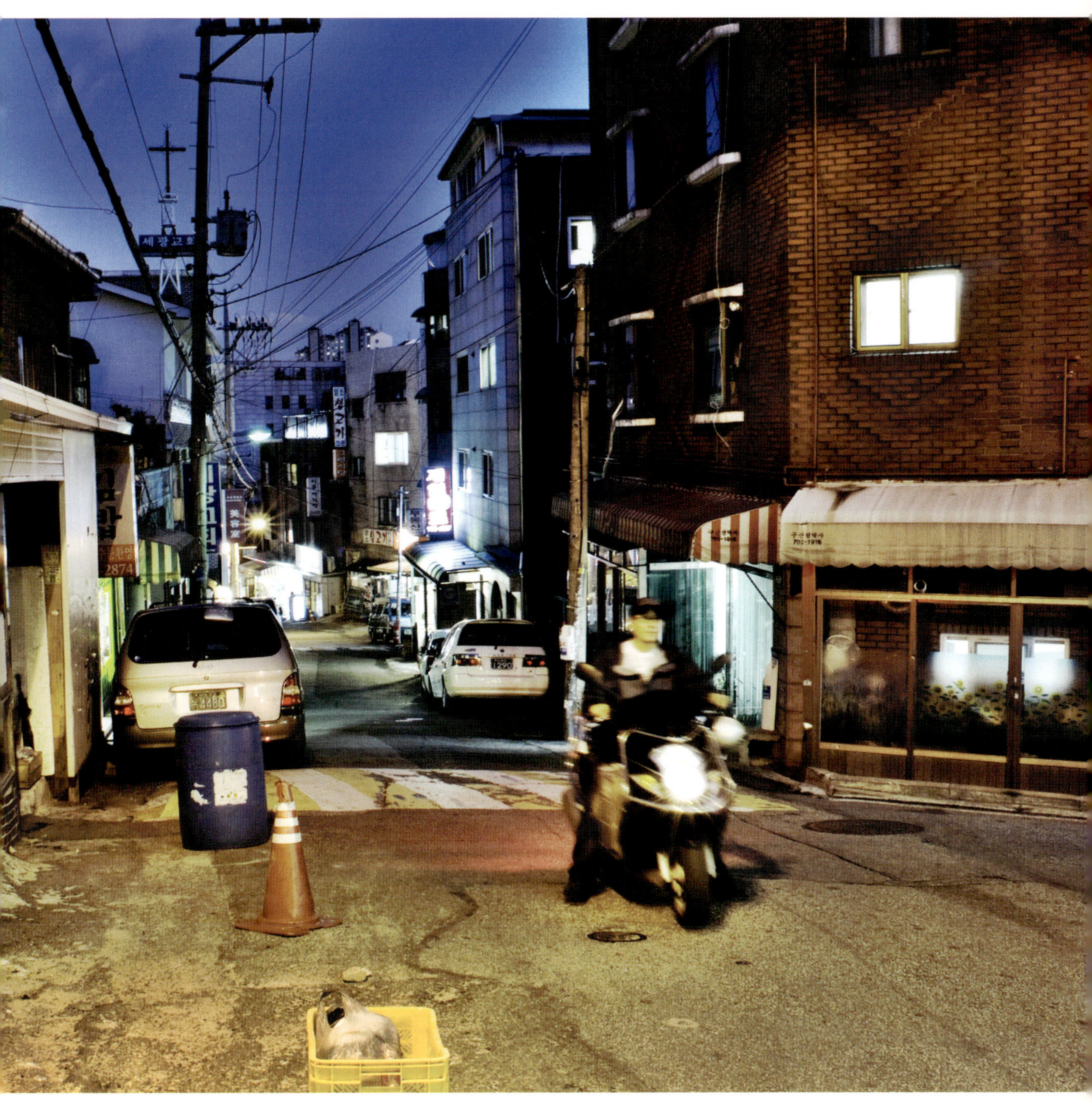

아들 또는 딸이라는 이름으로 분신들은 재생된다.
삶의 끝자락에서도 슬프지 않을 수 있는 것은 아들 또는 딸이라는 이름으로
내 유전자가 지속되기 때문이다.
단지 안타깝다면, 더 좋은 세상을 물려주지 못해서일 것이다.

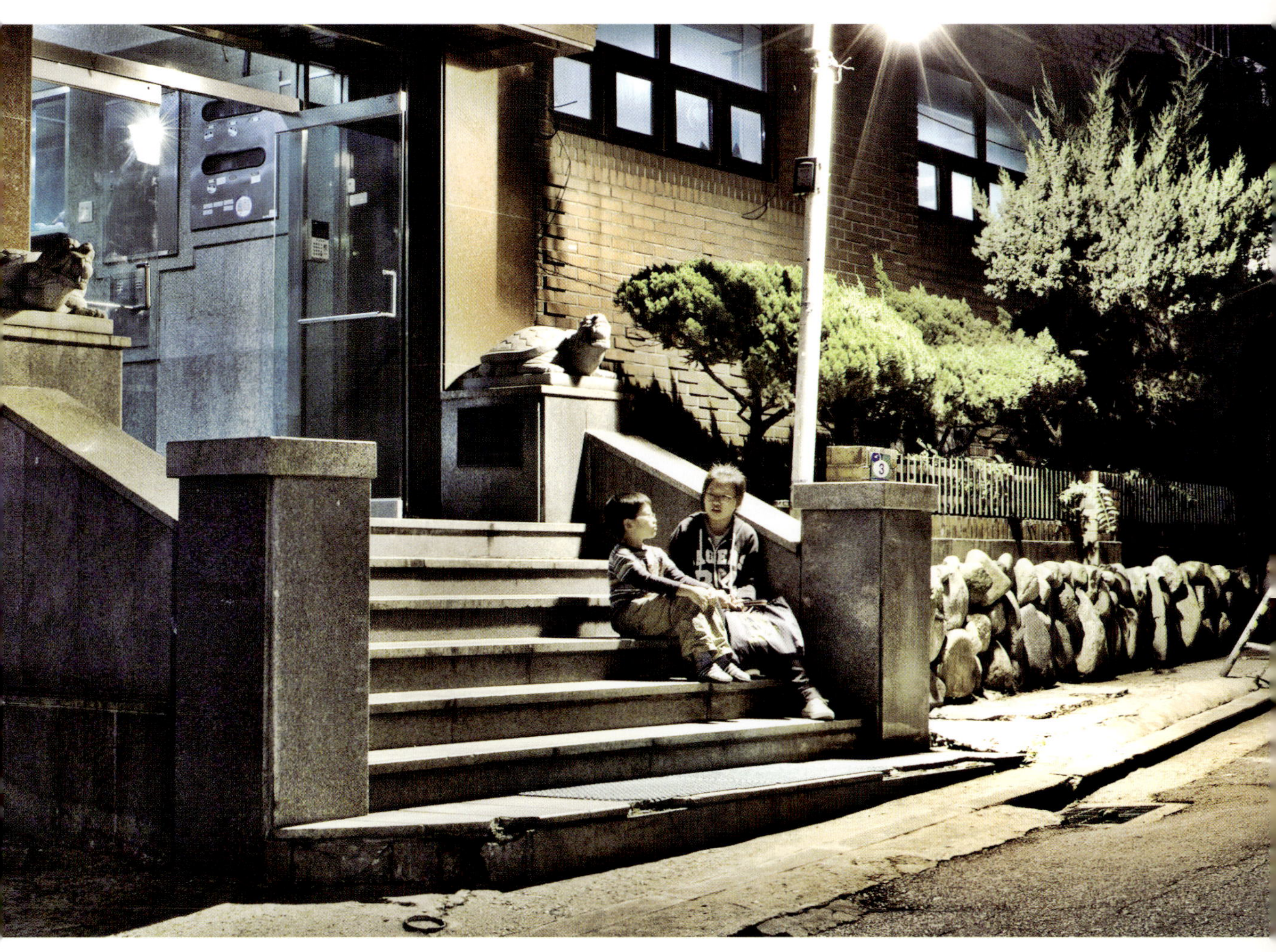

희망은 있다고 본다.

주체할 수 없는 열정을 아이들은 아스팔트 길 위에서 늦은 밤 풀어내고 있지만

노고산동 블루스

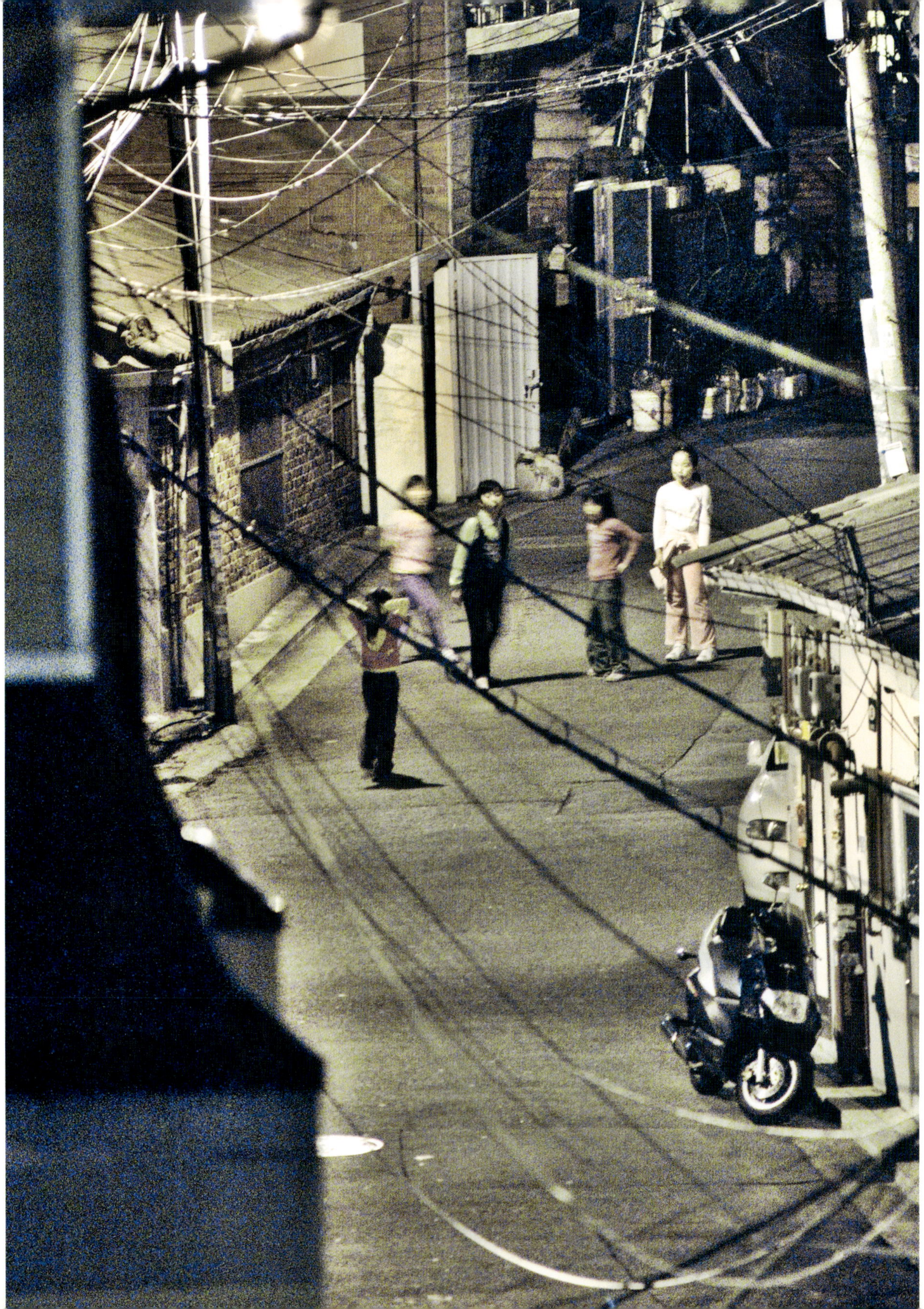

광장은 몇 개의 의자로도 성립된다.
광장은 보여주기와 보아주기, 들려주기와 들어주기만 하면 된다
광장은 시설물의 위대함도 아름다움도 필요없다.
모여서 자유로우면 그만이다.

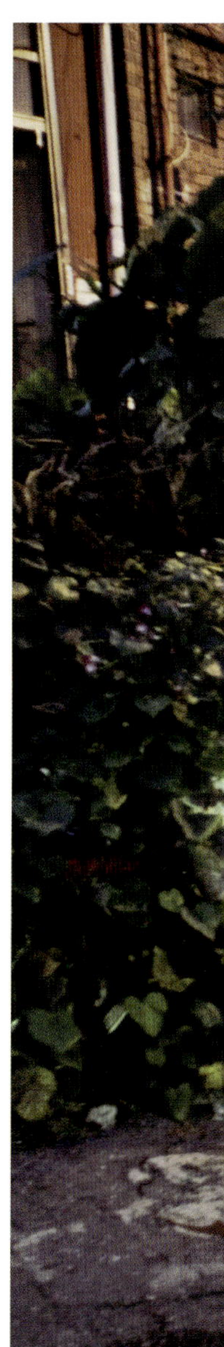

노고산동 블루스

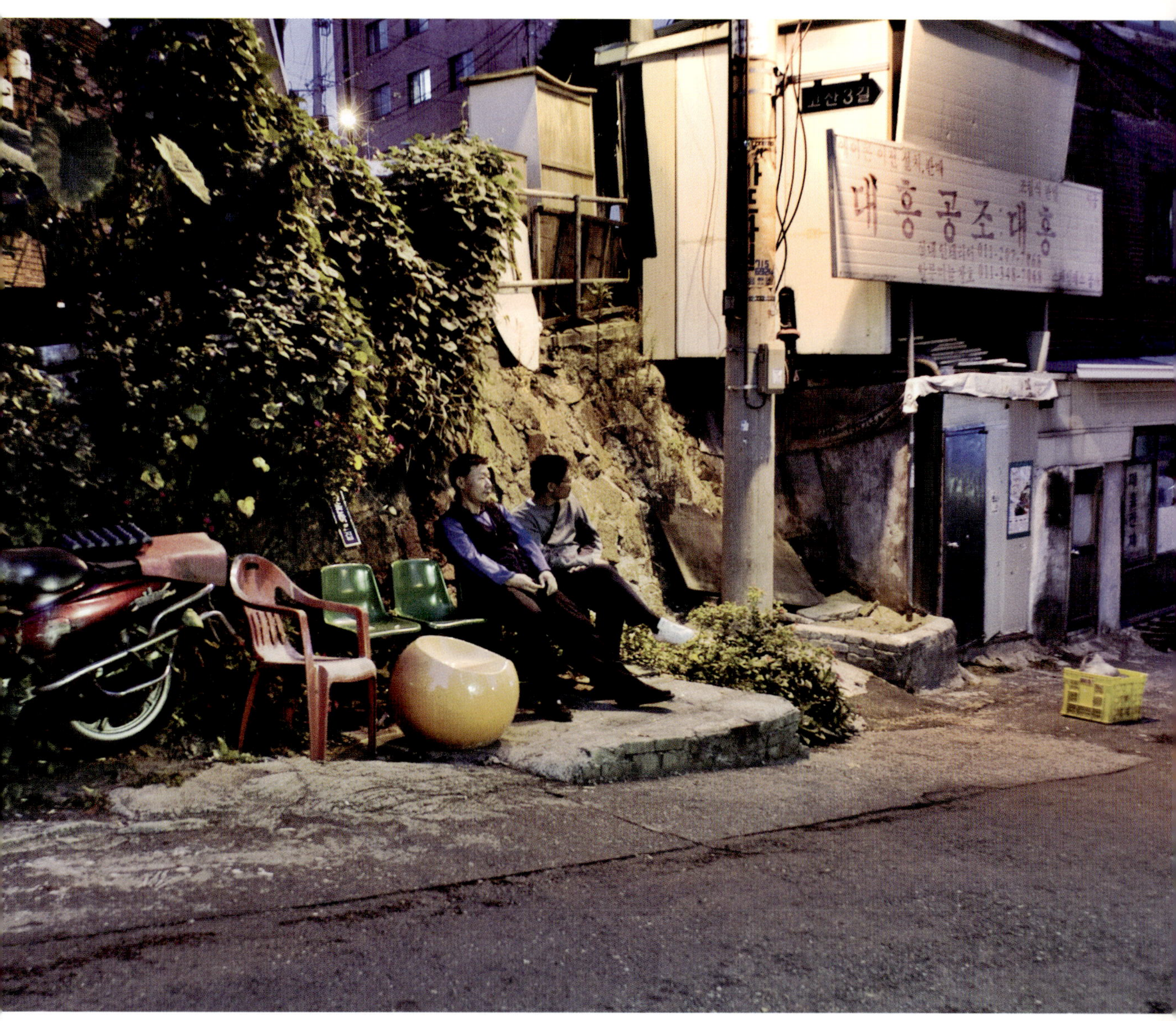
고산3길
대흥공조 대흥

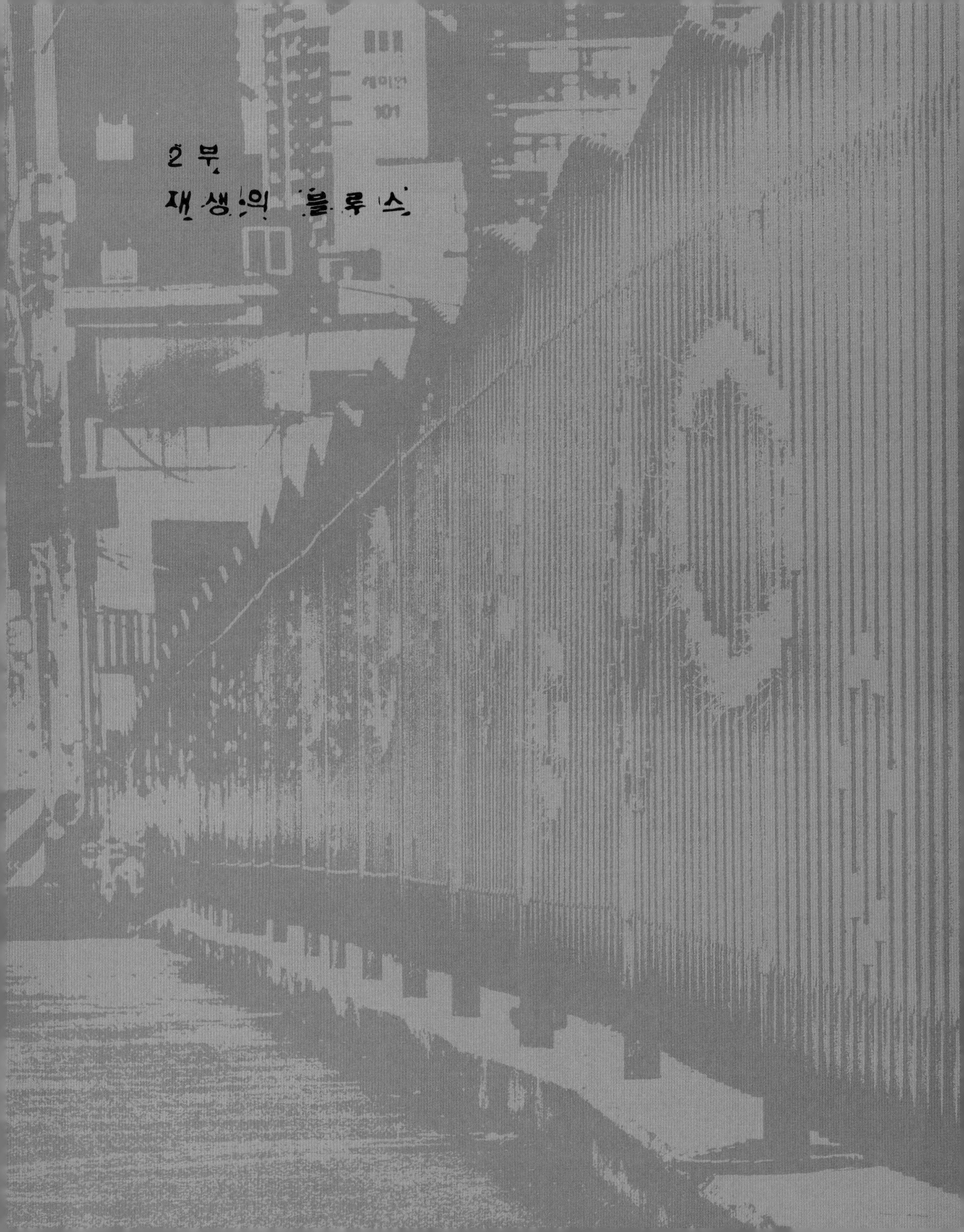
2 부
재 생 의 블 루 스

흙바닥, 코스모스 핀 길 사이로 걸어 다녔던
서정(敍情)의 등하교 길을 아들에게 만들어 줄 힘은 없다.
도시의 등하교 길은 온갖 편리와 이용의 향연만이 있을 뿐
서정을 키워내는 것 따위는
담벼락 너머로 가지를 늘어뜨린
감나무의 끝에나 달려있다.
감동(感動)없는 등하교 길은 영악한 유년을 만들고,
냉정한 어른이 되어 세상은 따뜻함이 점점 결여된다.
인간의 따뜻함이 사라진 도시는 생산과 소비만이 도덕이 되고,
부(富)의 축적은 바른생활이 된다.
예술은 축적된 부(富)의
문화적 빈곤을 메꾸어 주는 기능적 역할이 주(主)가 되고,
미래적 상상과 감동의 의미적 역할은 (副)가 된다.
아스팔트길을 흙바닥으로
시멘트 담벼락을 코스모스 꽃으로 바꿀 수 없다면
미술적 장치를 동원하여 상상과 이야기를 키우는
등하교 길을 꿈꾼다.

지구로부터 2000광년 떨어진 안드로 메탄 성운의 볼리바르별.
별의 생명이 꺼져가고 있어 새로운 거주별 탐사를 위한 우주여행을 한다.
그러나 태양계의 지구를 선회하던 중 기계고장을 일으키고
대한민국 서울시 마포구 노고산동 옥상에 불시착한다.
볼리바르 별과 교신을 시도하는 볼리바르인은 구조를 기다리기로 한다.
그런데 갑자기 뒤에서 인기척이 나고

늦은밤 하늘을 바라보던 창천초등학교 4학년 이주한군은
한줄기 빛이 옥상으로 떨어지는 것을 보았다.
옥상으로 달려간 주한군은 조그만 비행체 안에 외계인을
발견하고 갑자기 뒤를 바라본 볼리바르인과 맞닥뜨린다.

한글모드로 전환된 번역기를 통해 볼리바르인과 주한군은
남산타워를 바라보며 나란히 앉아 수다를 떤다.
"우주에서 바라본 지구는 푸른색과 파랑색의 예쁜 별이었는데
회색빛의 너희 동네는 실망스럽다."
"너의 모습과 우주선과 별들의 이야기를 친구들이랑 담벼락에 그려보자.
그러면 달라질 수도 있을거야"

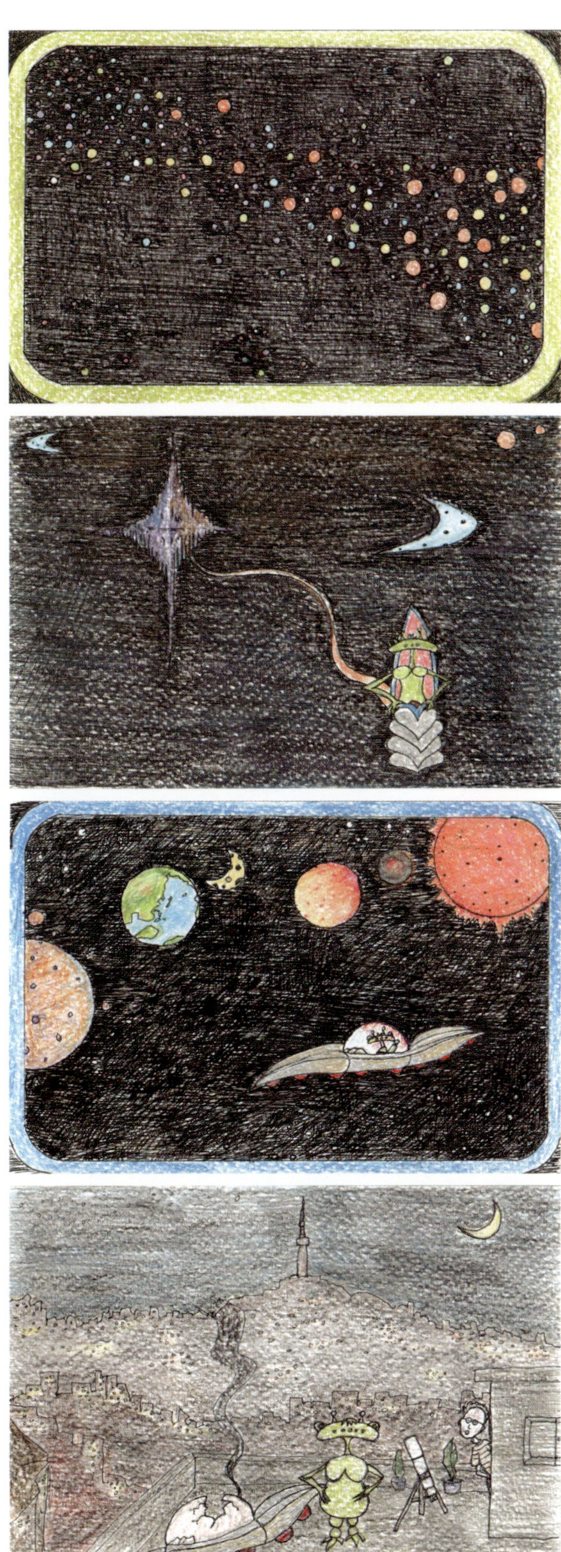

UTOPIA가 불가능한 지구별에서는
UFO를 믿는다.
사후(死後)의 유토피아를 약속하는 종교를 믿는 것과
사전(死前)의 유토피아를 보고 싶은 UFO를 믿는 것은
등식(等式)이다.

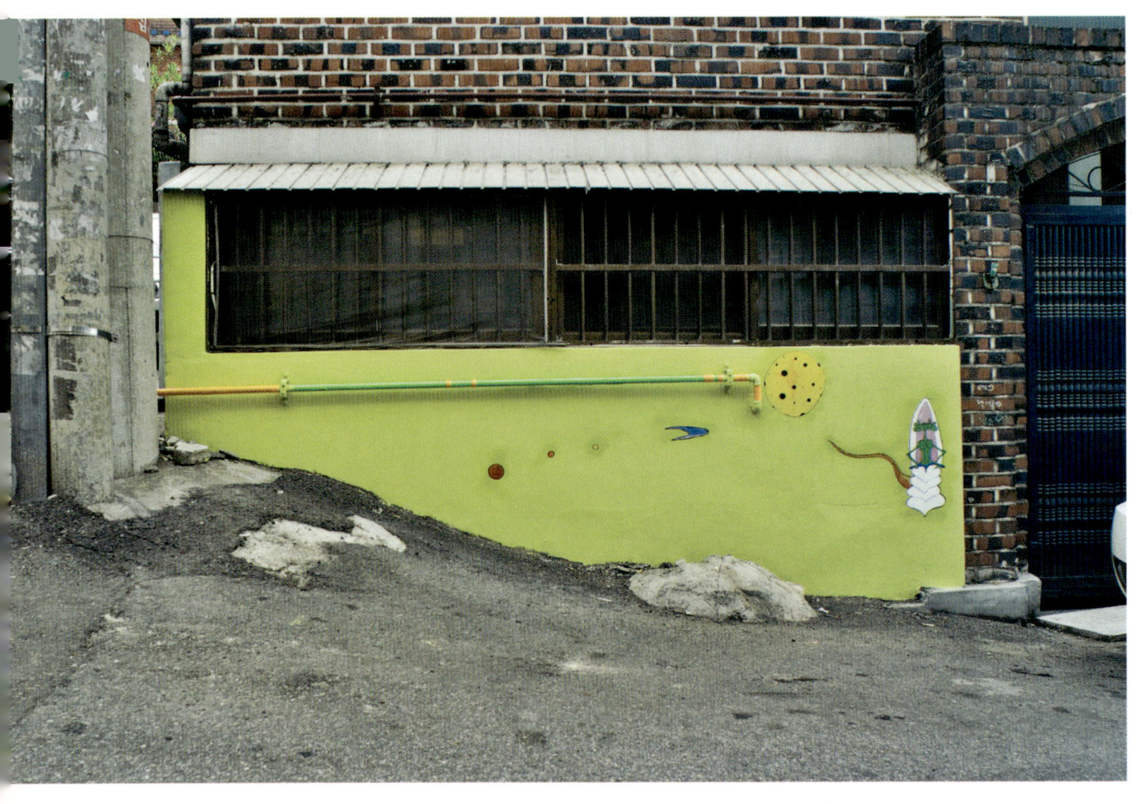

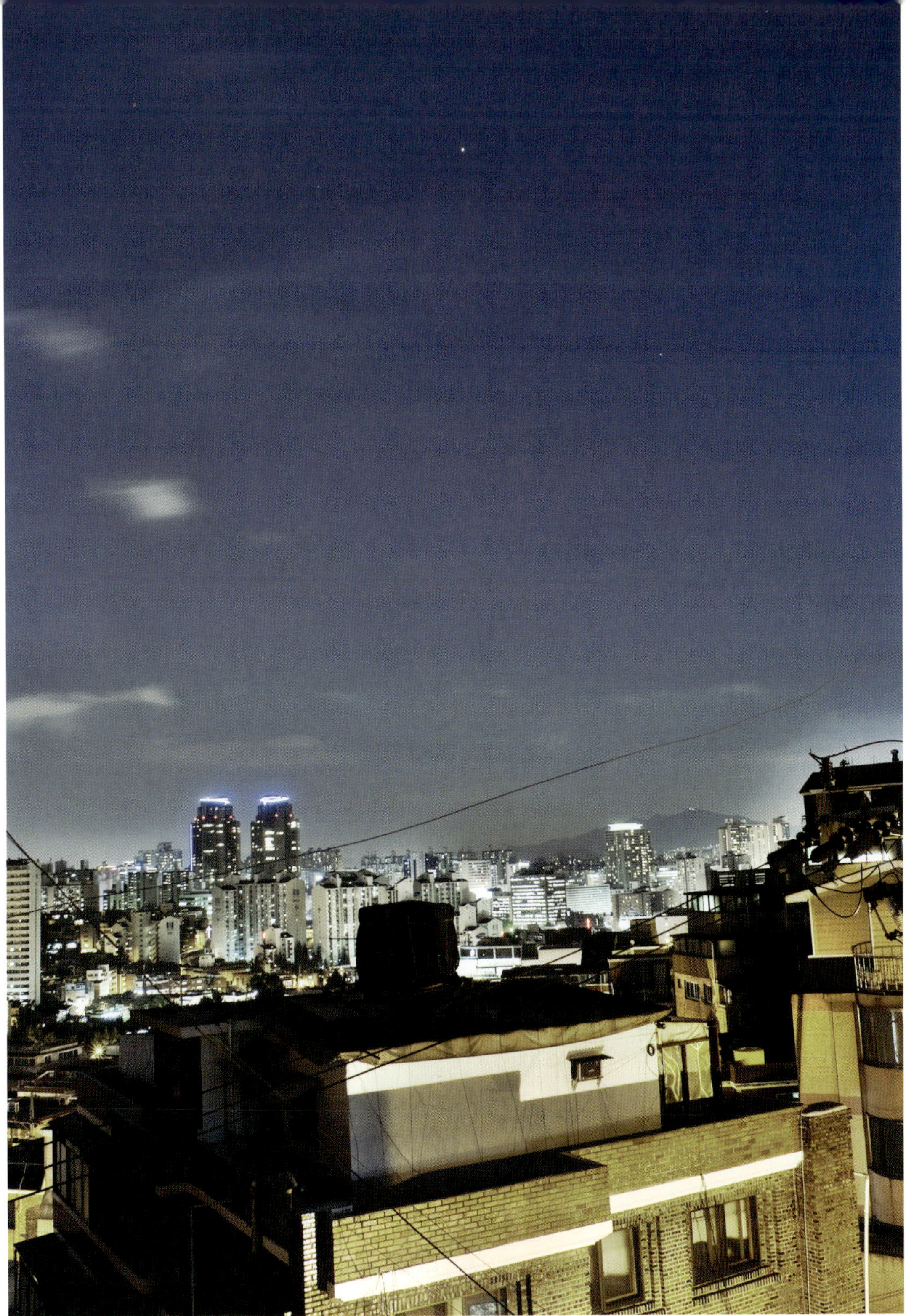

붓으로 형광색 담을 그린 시도는 위험하다.
한 개인의 소우주가 불편할 수도 있기 때문이다.
중장비로 강을 그리는 시도는 위험하다.
한 국가의 대우주가 전멸할 수도 있기 때문이다.

영화는 가끔 미래를 이야기하고,
그 미래는 가끔 사실이 된다.
음모론의 정체는
세상의 모든 사건의 정체는
누구에게 득이 되는 것인가를
누가 더 소유하는가를
곰곰이 생각해 보면
그 해답이 있다.

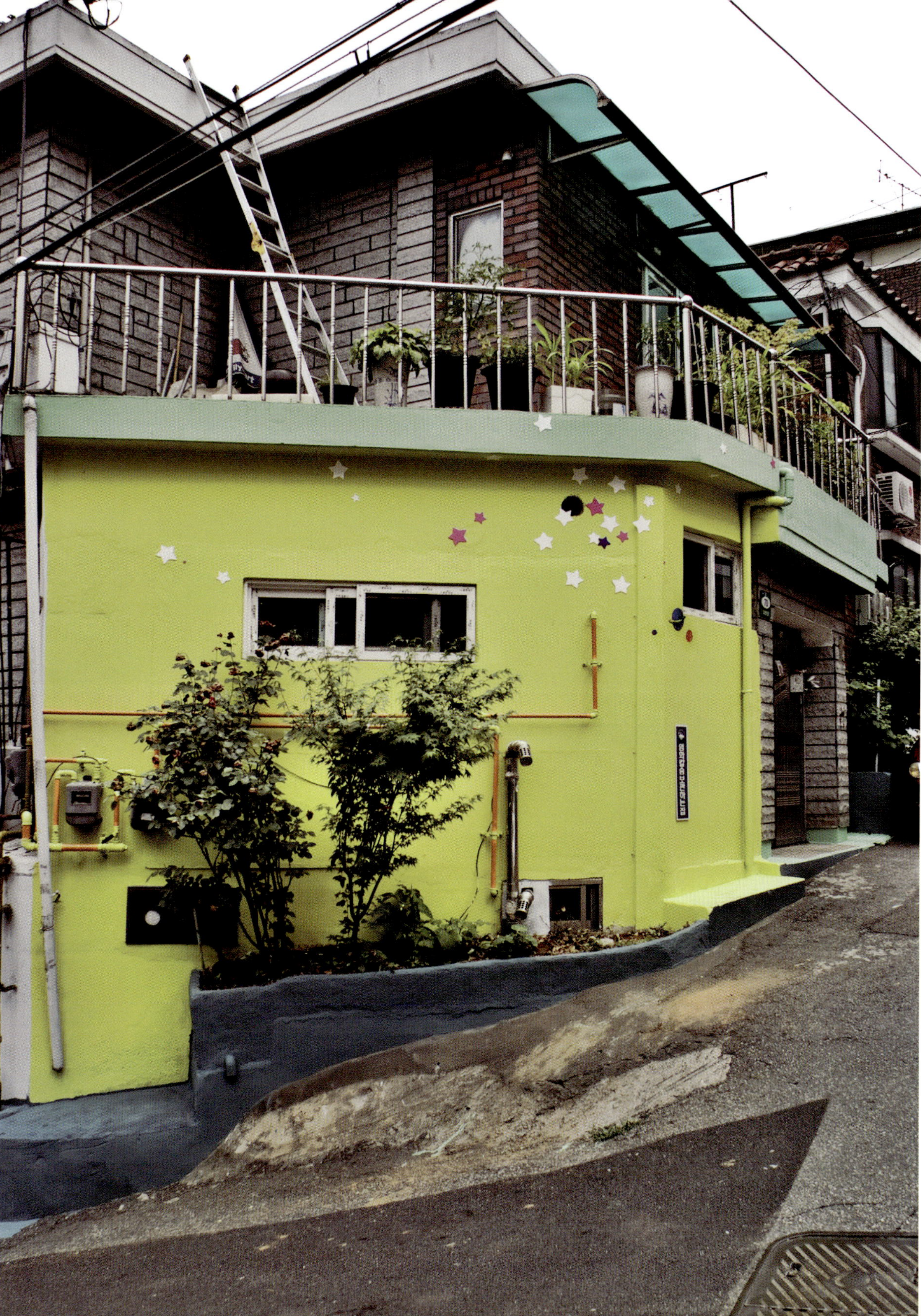

벤취(bench)는 획일을 넘어 아트(art)의 영예를 얻고자 한다.
무중력의 공간을 부유하는 문체어(moon chair)는
다른 세계에 대한 욕망이다.
중력이 없는 공간에
생명은
최소한
추락하진 않을 테니까.

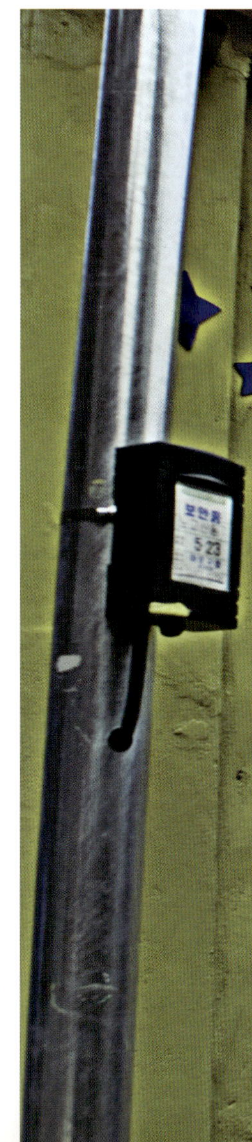

노고산동 블루스

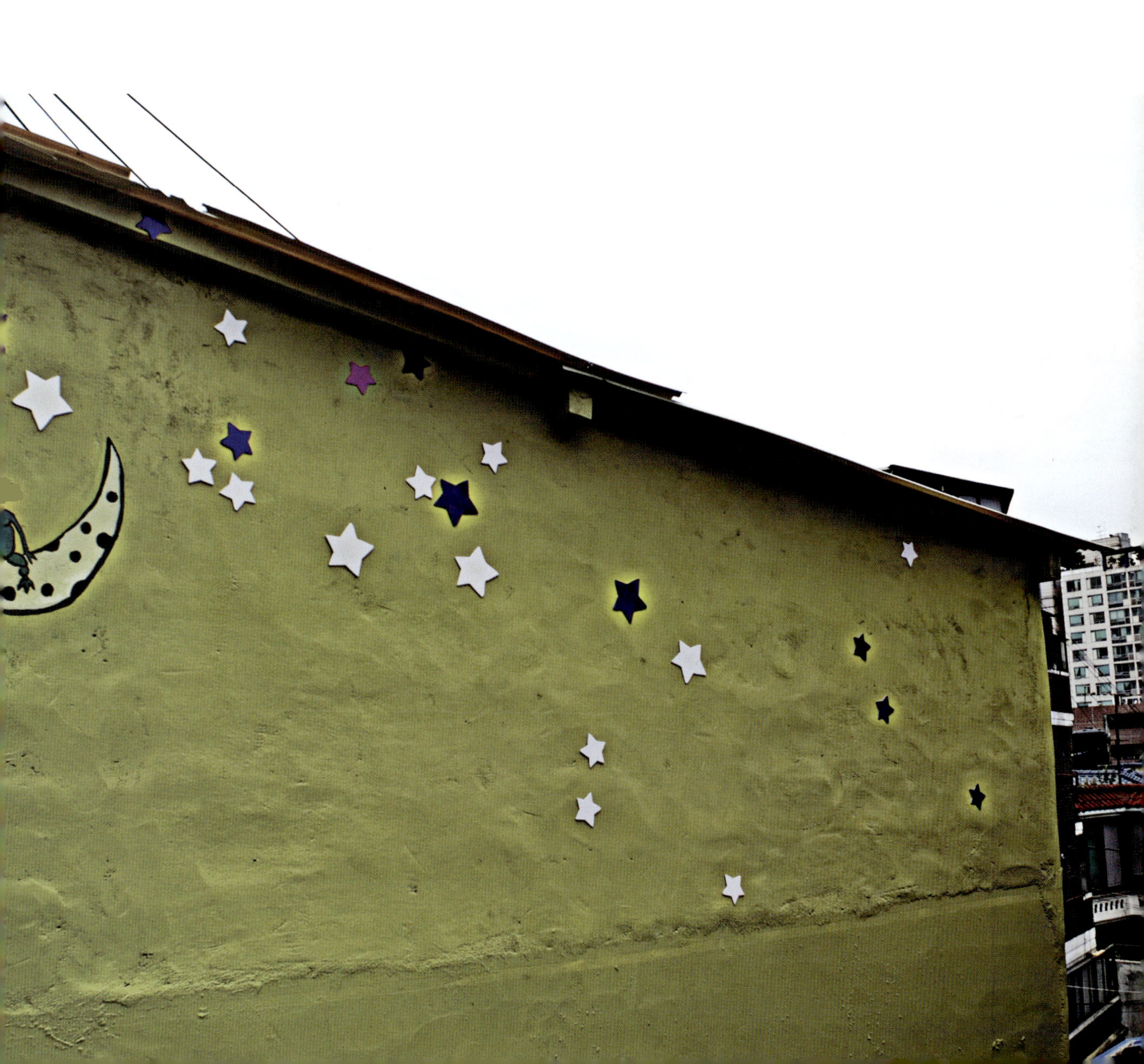

볼리바르가 우주에서 보았던 지구는 푸르름이다.
사회언어학에서 언어는 소통을 위해 단순함을 지향한다.
양공주와 미군의 사랑은 그래서 가능하고,
설경구의 욕은 그래서 이해된다.

외국어를 필수과목으로 지정하는 것은
습득의 자유로움과 다양성을 인정하지 않는 것이다.
힘의 향배에 따라 지정된 필수과목은 또 다른 필수과목을 지정하기 때문이다.
생활속에서 모국어와 외국어 비빔은 또 다른 소외를 생산시키고
내부적 소통의 한계도 극복 못하면서 외부와의 소통을 희망하는 절음발이가 된다.

10년 후 우리는 중국어를 필수과목으로 지정할지도 모른다.
볼리바르는 단지 지구의 푸르름을 바랄 뿐이다.

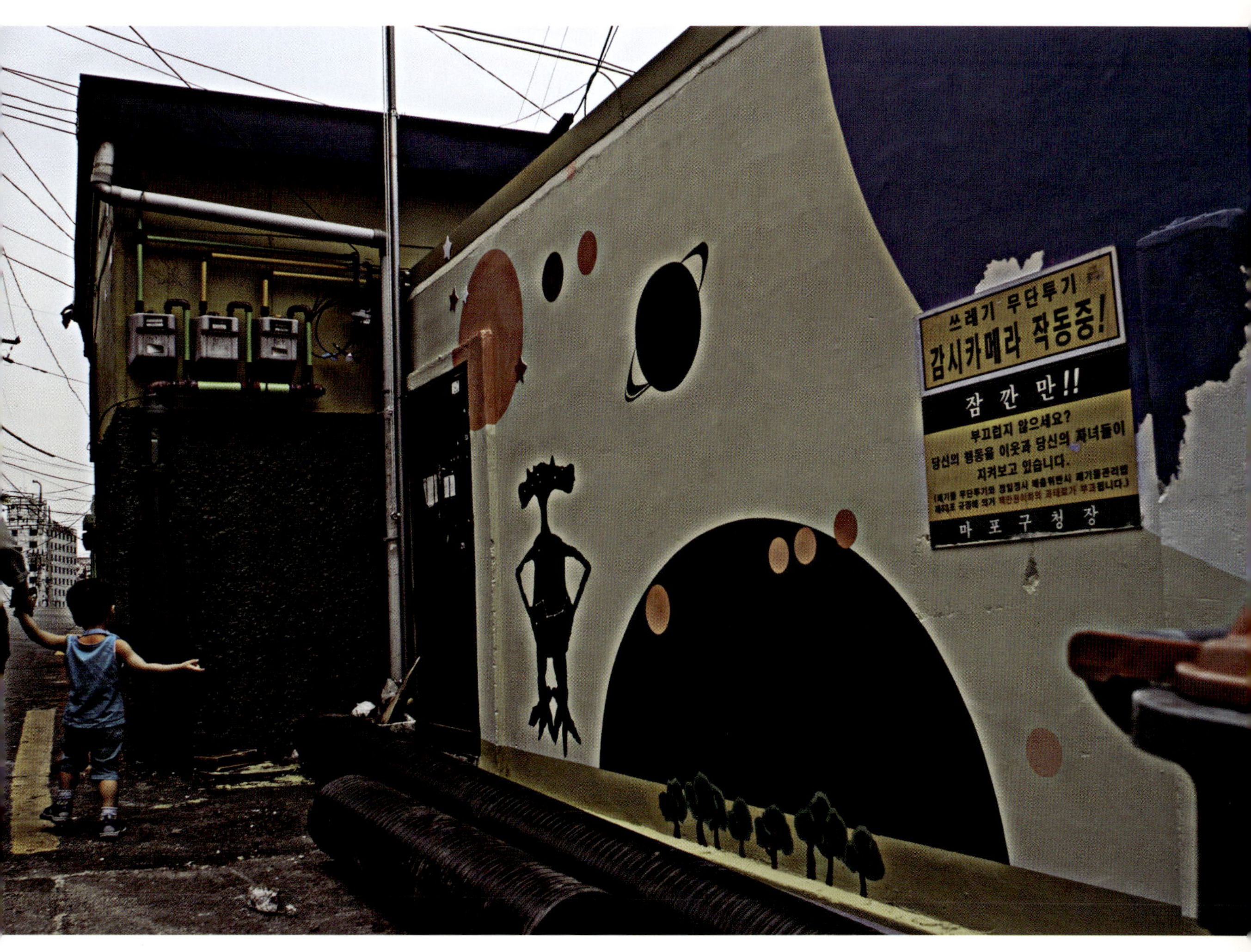

쓰레기 무단투기
감시카메라 작동중!
잠 깐 만!!
부끄럽지 않으세요?
당신의 행동을 이웃과 당신의 자녀들이
지켜보고 있습니다.
「폐기물 무단투기와 경일경시 배출위반시 폐기물관리법
제8조 규정에 의거 백만원이하의 과태료가 부과됩니다.」
마 포 구 청 장

편한 소, 돼지, 닭.
길들여진다는 것은 먹힌다는 것의 언어 대용(代用)이다.
자연적 토양이 무시된
화학적, 물리적 길들이기는
플루(flue)와 형질변형의 원인이 되고
길들여진 국가는
국민을 길들인다.

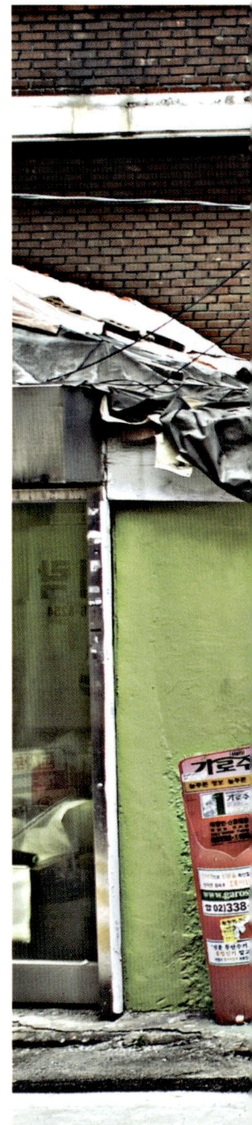

노고산동 블루스

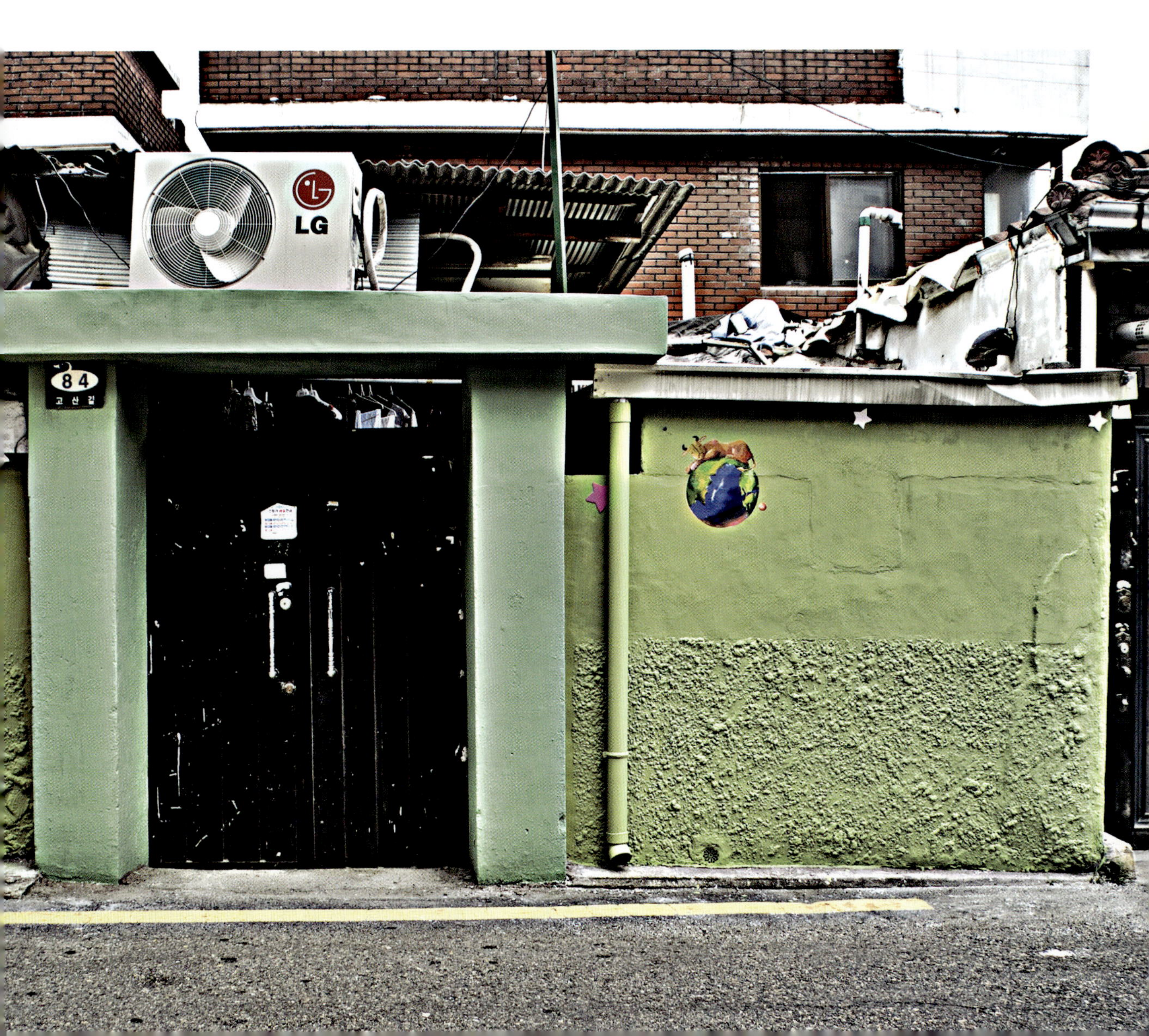

84
고산길
LG
LG

화석연료의 사용 구조는 권력을 지켜준다.
태양을 이용하는 녹색지구는 요원(遙遠)하다.

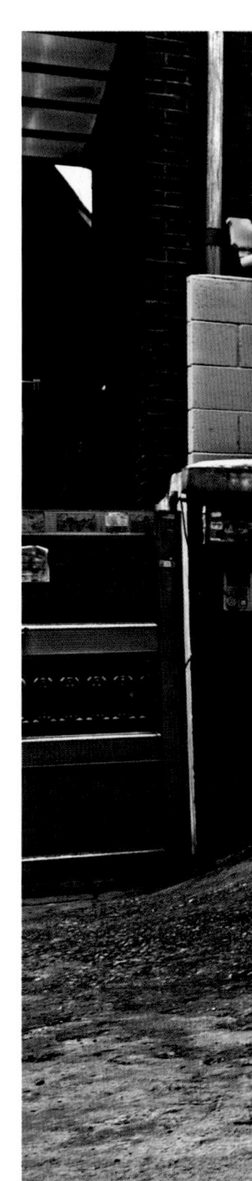

노고산동 블루스

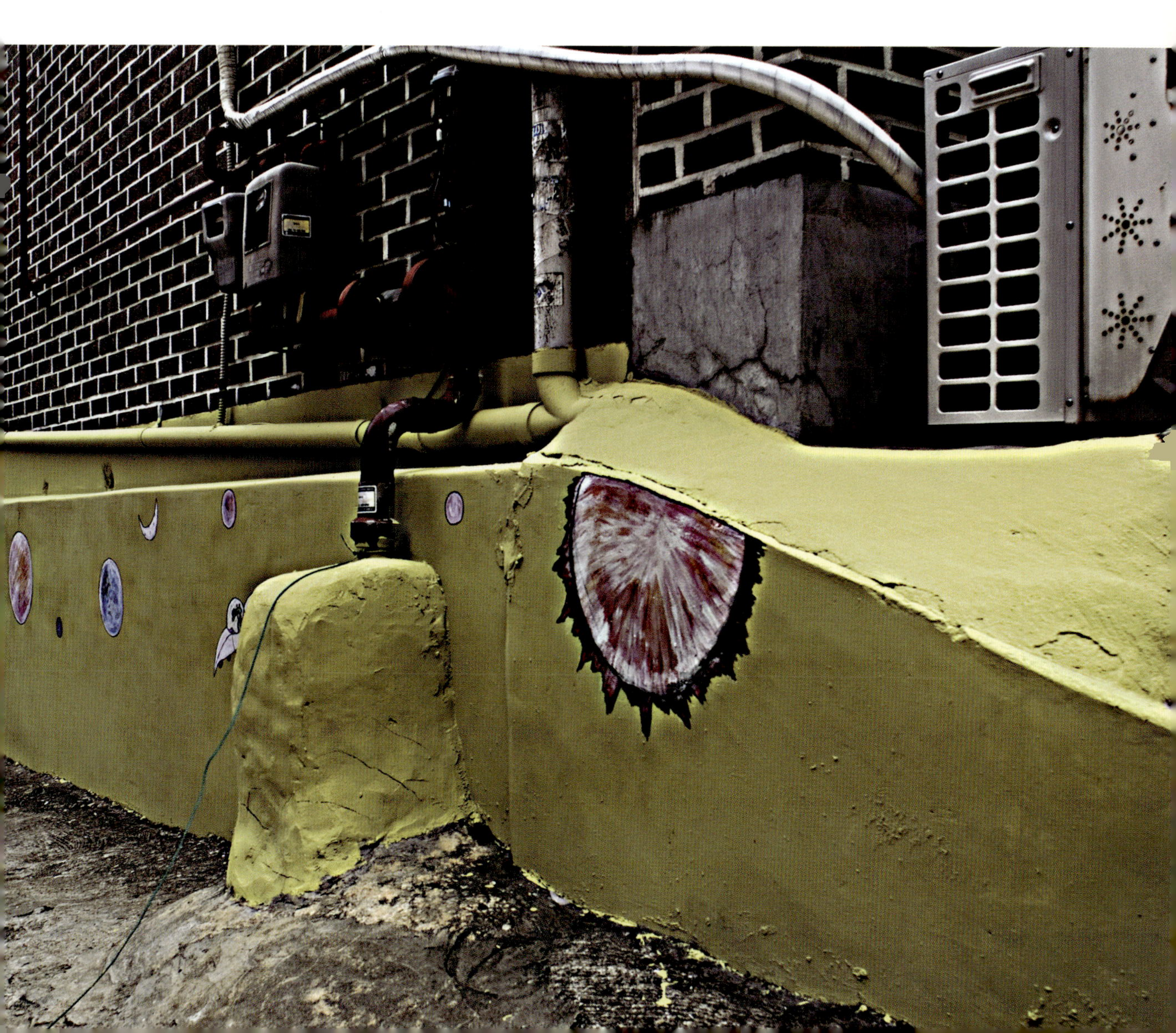

별은 거주하는 자의 용도(用途)로 이용된다.
지구별은 핵(核)을 가진 자들의 소유물이다.
아이러니하게도
핵(核)은 최선의 방어가 된다.

노고산동 블루스

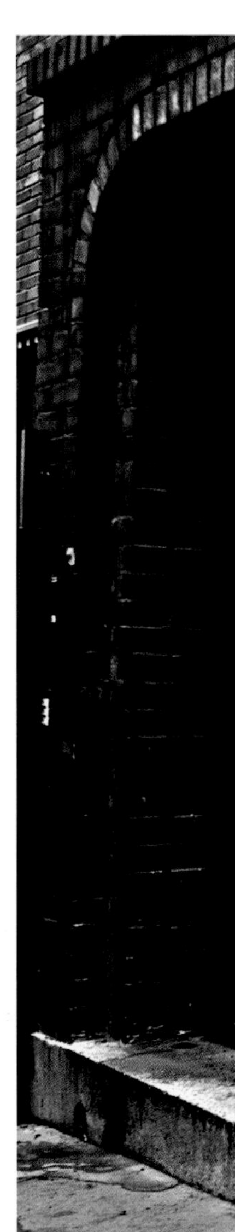

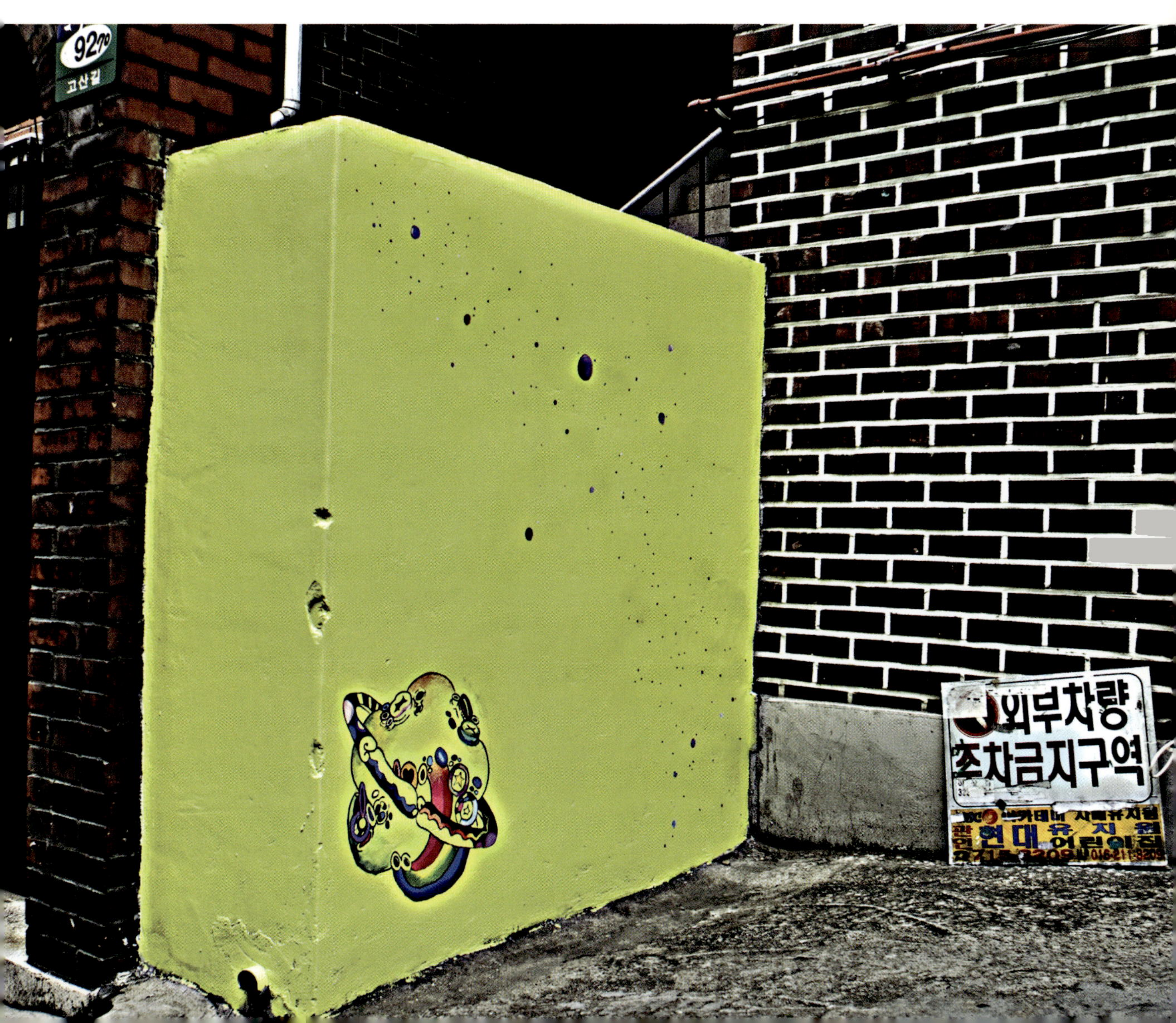
92ᆫ70
고산길
외부차량
초차금지구역
현대 어린이집

집과 세상을 연결하는 통로는 88개의 계단이다.

무념무상(無念無想)의 오르내림은 버겁다.

생활은 무료함의 절정을 이룬다.

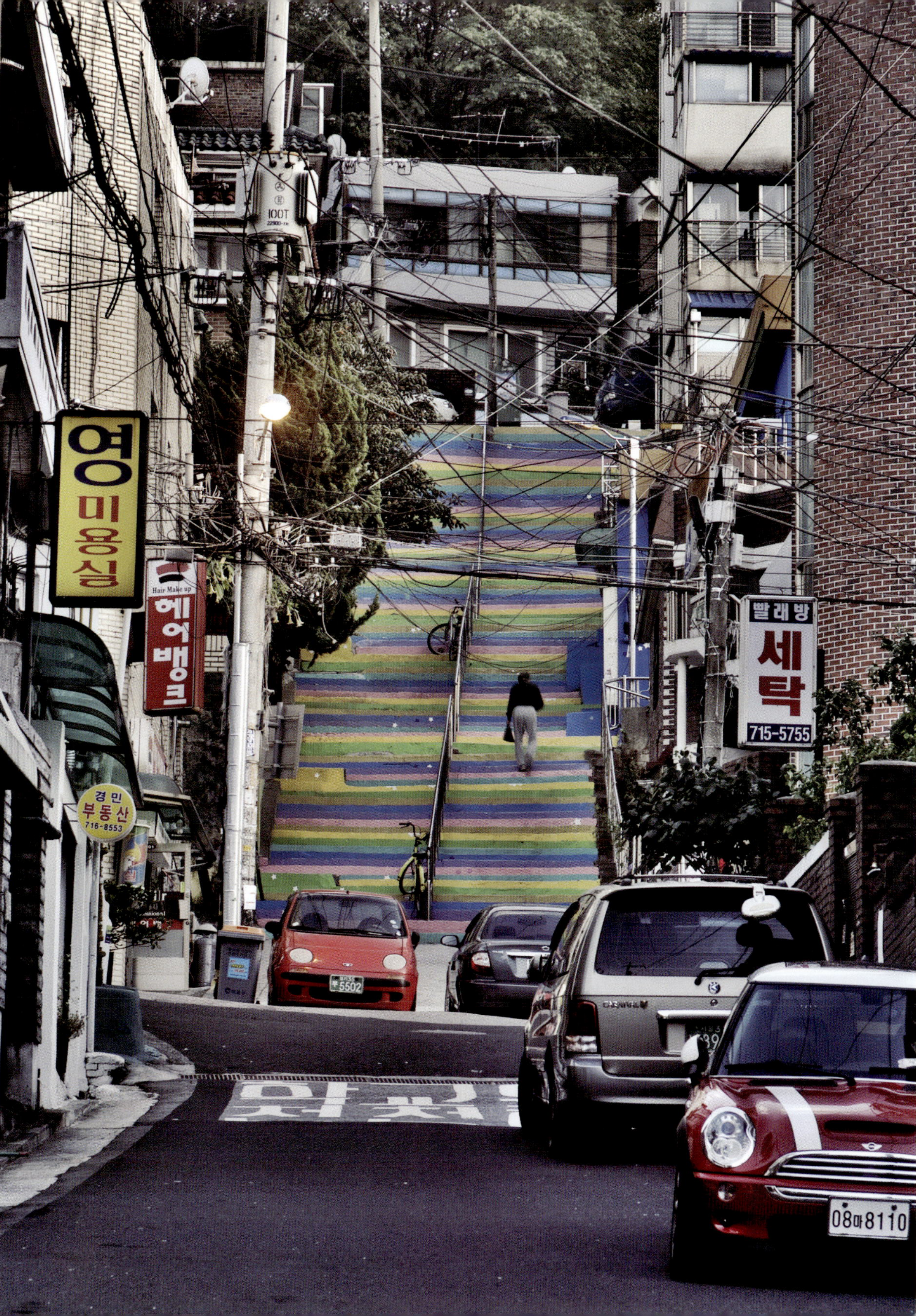
영
미용실
Hair Make up
헤어뱅크
경민
부동산
716-8553
빨래방
세탁
715-5755
100T
08마8110

반짝거리는 스테인리스는
화려(華麗)를 좋아하는 사람들에게 환심(歡心)을 얻는다.
인도와 차도를 경계로 서있는 스테인리스 구조물은
도시를 더욱 차겁게 한다.

노고산동 블루스

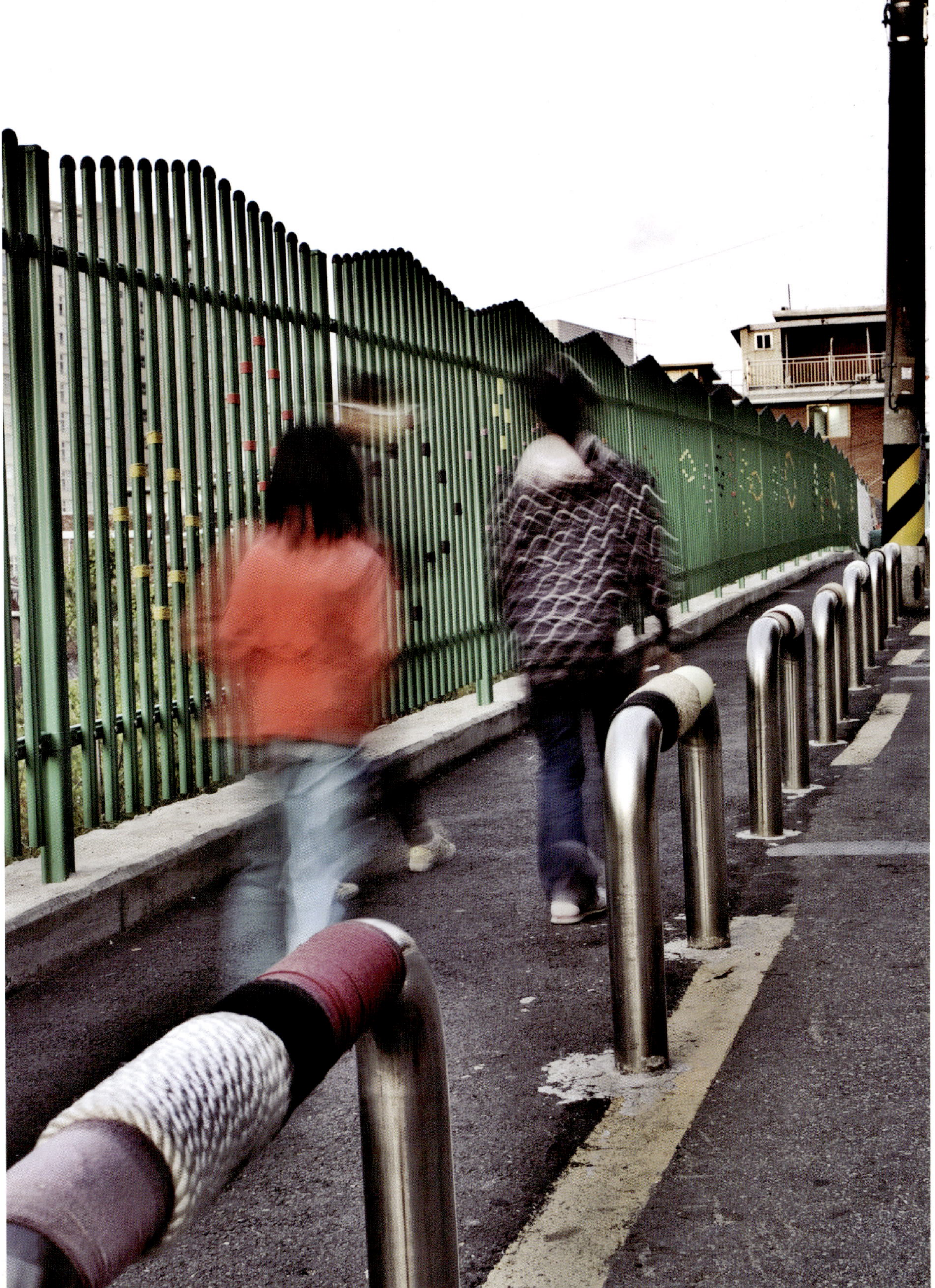

비용과 안전을 생각한 최후의 선택은 초등학교 담벼락을 쇠창살로 만들었다.

그나마 녹색으로 칠한 창살은 재료의 본질을 감추고 자연을 지향한다.

아이들은 그 안에 있다.

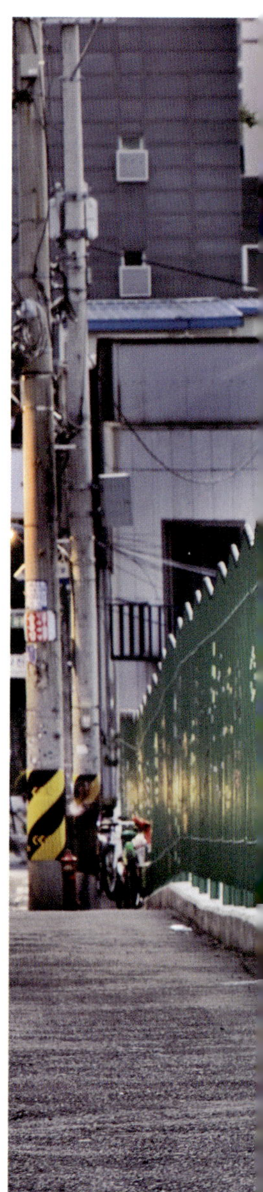

노고산동 블루스

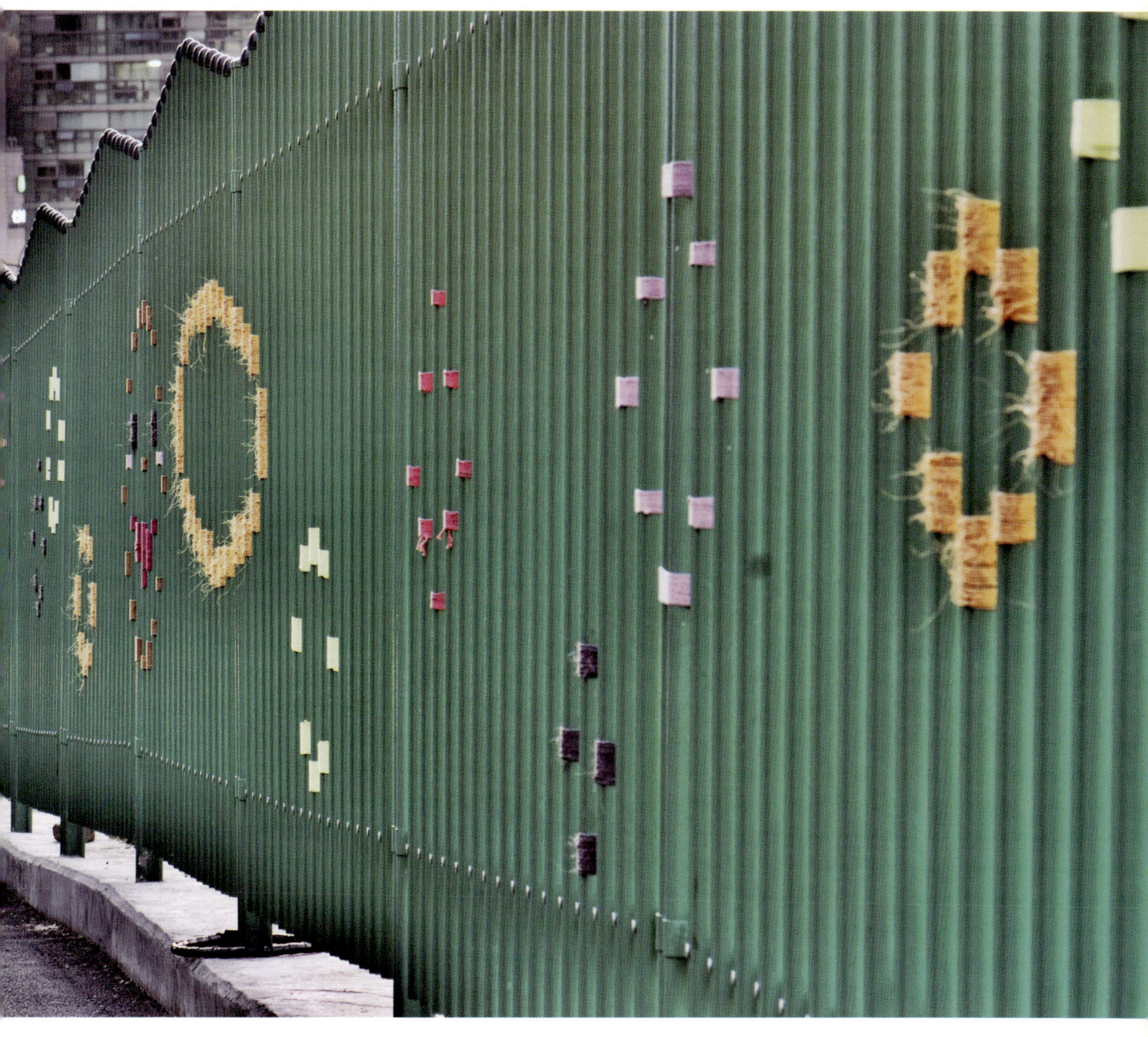

문명의 발전에도 불구하고
우리는 유목민처럼 이주를 반복하고 있다.
정착할 수 없는 삶.
한곳에서의 무르익는 정착은 개발이라는 미명 아래 무너지고 있다.

이주의 삶은 단순한 양식을 요구하고
가계(家繼)의 역사는 버려진다.
전통과 공동체가 무너진 도시는
개인만이 존재한다.

도시를 떠나 새로운 공동체를 꿈꾼다.
인간과 유리된 도시의 삶을 적극적으로 부정하고
인간과 공존하는 자연 속에서
삶의 근간을 다시 세우는
꿈을 꾼다.

아들에게 물려줄 다음 정착지는
자연에게 인간이 배타적 대상이 아닌
우주적 질서의 구성요소로서의 자격을 갖고
공동의 자본창출을 통해 도시의 삶에 반하는
삶의 가치를 실현하는 곳이다.

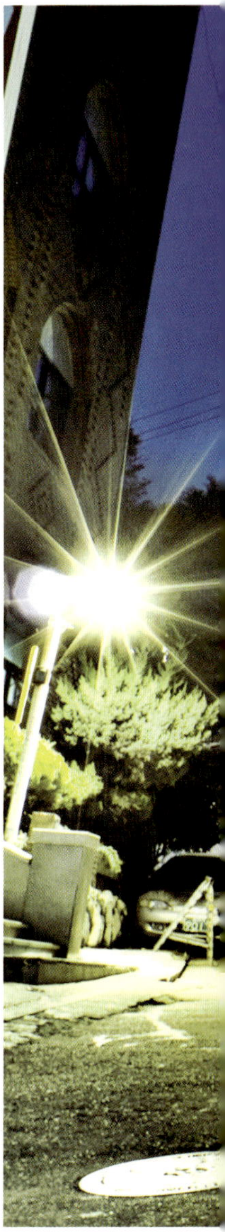

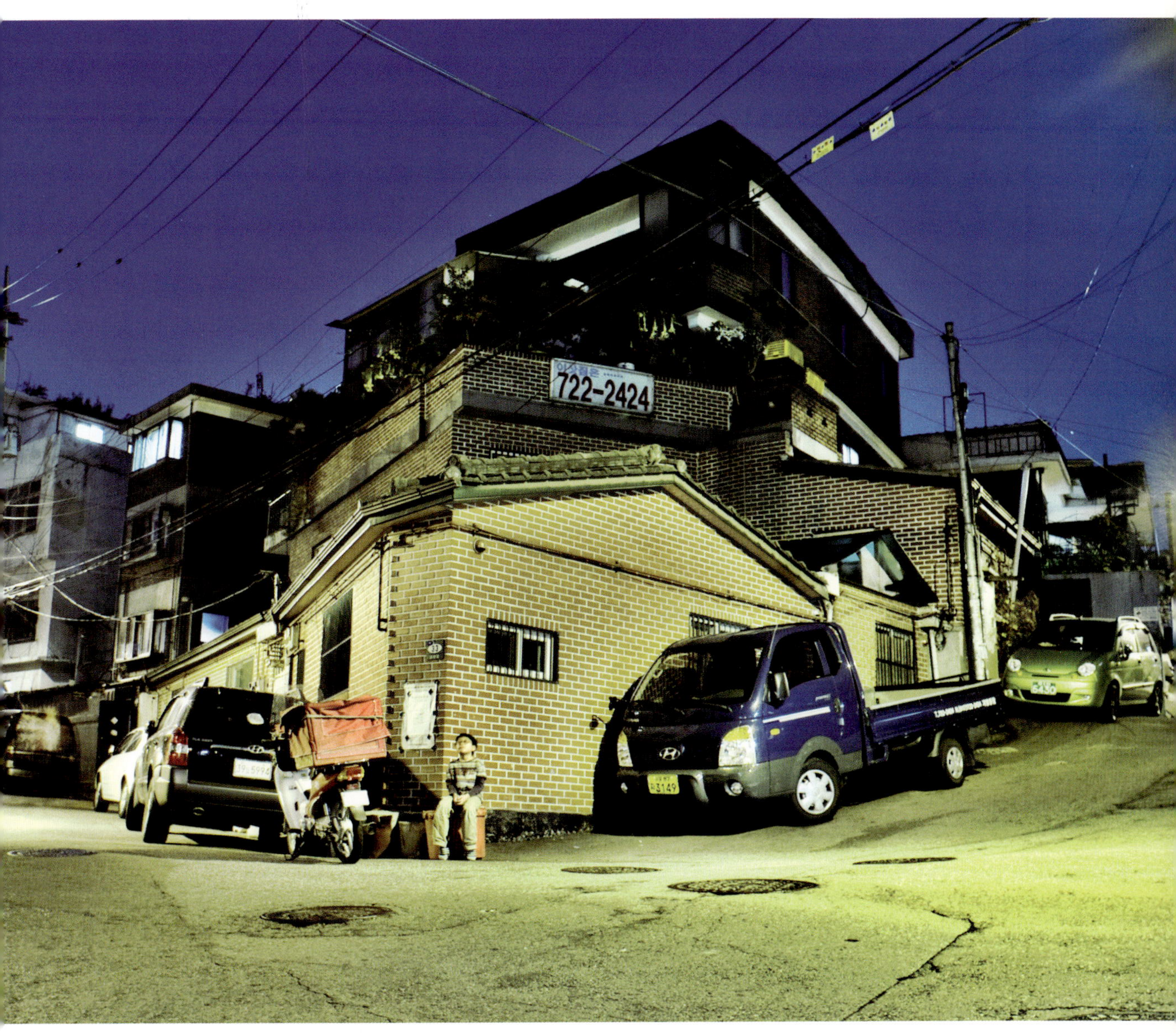
722-2424

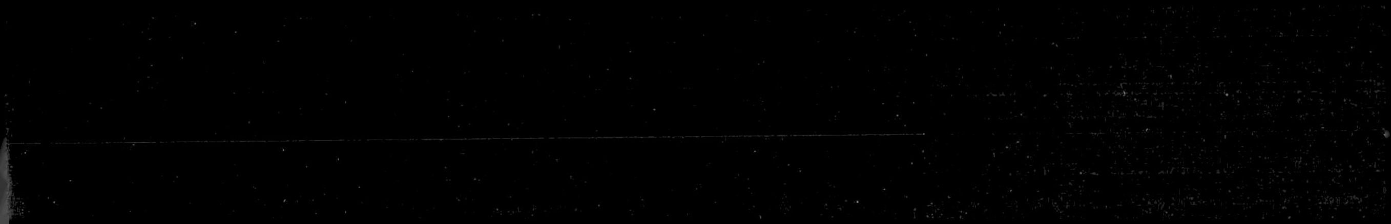